会唱歌的帐篷

江觉迟 著

XZCB 西藏人民出版社

时代出版传媒股份有限公司
安徽少年儿童出版社

图书在版编目（CIP）数据

会唱歌的帐篷 / 江觉迟著. —拉萨：西藏人民出版社；合肥：安徽少年儿童出版社，2024.5
ISBN 978-7-223-07702-6

Ⅰ. ①会… Ⅱ. ①江… Ⅲ. ①长篇小说－中国－当代
Ⅳ. ①I247.5

中国国家版本馆CIP数据核字（2024）第094328号

会唱歌的帐篷

选题策划	温建龙　李玲玲　周　云
项目统筹	王海涛　何正国
作　　者	江觉迟
责任编辑	次　旺　黄　馨
责任印制	缪　攀
封面绘制	王　晔
插图绘制	豆豆鱼绘制工作室
装帧设计	王　悦
出版发行	西藏人民出版社　安徽少年儿童出版社
印　　刷	安徽联众印刷有限公司
开　　本	710 mm × 1 000 mm　1/16
印　　张	12.25
插　　页	8
字　　数	160 千字
版　　次	2024 年 5 月第 1 版
印　　次	2024 年 5 月第 1 次印刷
书　　号	ISBN 978-7-223-07702-6
定　　价	35.00 元

关于作者

江觉迟，藏名扎西梅朵，安徽桐城人，“裁襟励子”非物质文化传承人，著有畅销书《酥油》《雪莲花》《西藏情歌》、儿童长篇小说《邦金梅朵》《帕米尔少年》、长篇历史小说《最后的女权王朝》等。

2005 年，因为一次机缘，她带上全部积蓄，只身来到横断山脉地区的一个高山牧场，创办草原碉房学校，为当地贫困儿童及失学儿童提供基本的照料和教育。在那片偏僻的草原上，她以顽强的意志力与高原反应和水土不服做抗争，以微薄的积蓄勉力坚持。这一坚持，就是十六年。

现在，她帮扶的孩子们已经长大，他们中的一些接过了草原教育的接力棒，当起小老师，办起流动小课堂，辅导放假时回到草原的孩子，传播文化科普知识，架起汉藏文化交流的桥梁。

邦金转身踏入蒿子沟。
因为急着寻牛，
她根本没意识到，
天就快要黑了。

阴暗的草原上，
邦金焦灼的口令声回响在山沟里：
“啊唆唆唆唆唆唆唆——啊唆唆唆唆唆唆唆——”

梅朵老师伸出双手，
面向邦金响亮地鼓掌，
跟着重唱一句：
“太阳当空照，花儿对我笑——哦呀，
我教会你一首上学的歌，
你也唱一首草原的歌给我听听。”

这些孩子没有阿爸，

更嘎主任多像他们的阿爸啊！

更嘎主任果然做出了阿爸的样子，

他从怀里摸出一把五彩的糖果，高高地举起。

“所以嘛，阿古顿巴的课堂就是讲故事的课堂。
你们进来上课的同时，
每天都会听到有趣的故事！”
邦金笑着解释。

目　录 Contents

第一章

01

青稞成熟的季节

桑伽草原下方的田野里，大片的青稞即将成熟。这是草原上一年中最为温暖的季节，阳光明亮，照耀着草原东边的桑伽小学。校园里，孩子们眺望远方田野的那种充满期待的目光，也像阳光一样明亮。说是眺望，其实是孩子们在用目光寻找他们的阿爸阿妈，期待大人们带上丰盛的食物，踏着朝阳如期而至。是的，每年一到青稞收割时节，桑伽小学就会举办一年一度的校庆活动。这时的校园会非常热闹，学生家长们会从各自所在的牧场赶来学校，和孩子们一起动手，筹备一场盛大的锅庄①舞会。

而对于上初中的青措和曲珍、上高中的德西朗玛，以及桑伽小学所

①有两种意思，一是指一种草原上的舞蹈，即锅庄舞；一是指藏族人烧饭的锅灶。

有要表演节目的孩子来说，他们期待的可不仅仅是锅庄舞会的热闹场面。他们更盼望能早点登上校庆舞台，在老师和家长面前崭露头角——亮出各自的拿手本领，把最绚丽的舞蹈、最好听的歌谣、最感人的小品、最有趣的“说唱”，尽情地展现在舞台上。大人们的掌声对于小演员们来说比美食和舞会更具吸引力。对此，草原上最年轻的说唱人[1]旺堆给出了一句非常准确的总结：“那将是娃娃们的‘高光’时刻！”

学校的操场中央，篝火堆已经搭起来了。烧篝火的燃料有些特别：别的地方采用的都是干柴火，比如杉树枝、沙棘枝、被锯成一截一截的桦树干等；桑伽小学则采用一坨一坨的干牛粪。因为学校位于牧场边上，牛粪多多有嘛，人们便就地取材，搭起了整堆的干牛粪。

负责搭篝火堆的是草原上的彩嘎娘娘[2]。当她把干牛粪码到半人高的时候，她有点舍不得了，便大声招呼女老师邦金：“波姆[3]，你再来看下嘛，已经搭得太高了，可以了吧？”

邦金赶过来一看，一个劲地摇头，对彩嘎娘娘说：“哎呀娘娘，别舍不得嘛，还要往高处码，码到超过您身体的高度才行。少了，火力跟不上嘛，跳锅庄要的就是那个火热的气氛呀！”

彩嘎娘娘确实是舍不得了，她在想：烧个篝火，要搭上这么一大堆

①专门演说草原历史故事的人。说唱人都对本土文化有着深厚的了解，令草原人敬重。

②娘娘是甘孜州一带草原孩子对和自己妈妈年龄相近的女子的称呼，相当于“阿姨”。

③女儿。

干牛粪，要是在前些年，这都足够我家烧上半年锅庄了，谁能舍得呀！幸亏现在牦牛多了，牛粪也多了起来，家里又添上了液化气可以烧饭，倒不用在意干牛粪了。不然你让我堆这么高，只是为了烧个火团团、跳一场锅庄，我就是手不打抖，心也会跟着打抖（心疼）！彩嘎娘娘这么想时，不由得自己笑了起来。

她的女儿——厨师巴姆正忙着往篝火堆周围的茶几上摆放食物：可口的饮料、香脆的麻花、甜得像蜜一样的麦芽糖，还有瓜子、花生、人参果，应有尽有。这些都是学生家长们自发送来的。学校大厨房的锅庄上，香喷喷的牛肉坨坨正在冒着热气。厨房外的过道上还支起了高大的木架子，上面晾着大块的新鲜牛肉——就是说，今天的牛肉坨坨，孩子们尽可以敞开肚皮，吃个尽兴！

这样的口福是彩嘎娘娘提供的。为了桑伽小学的校庆，彩嘎娘娘特地宰了一头牦牛。自从她的女儿巴姆被学校聘来烧饭后，学校似乎也变成她的家了，平日里她总是酥油呀，糌粑呀，酸奶呀，什么都往学校里送，理由是她有两个女儿如今托学校的福，有了工作，所以她这一生都要为学校做事。两个女儿，除大女儿巴姆外，她也把女老师邦金认作了女儿，是她的小女儿——这是十年前就已经认下了的。

十年前，彩嘎娘娘的家原本是在距离桑伽草原五十公里的麦麦草原上，女老师邦金和说唱人旺堆的家也在那里。后来彩嘎娘娘响应政府的异地搬迁政策，才来到桑伽草原下方一个低海拔的牧民定居点。而邦金与桑伽小学结缘，是因为之前她和小老师卓玛在桑伽草原上开办过草原小课堂。小课堂办了七年，邦金也从大学毕业了。她原本是被分配在州府工作的，但她申请回草原来，到了桑伽小学。她当年开办小课堂的地方，现在就成了她工作的地方。旺堆呢，这个当年最不想走进草原小课堂的调皮孩子，后来因为特别擅长讲故事，就成了草原上最年轻的说唱人。

02
特别的节目

夕阳已经躲到草原西边的山坳里去了，只丢下几缕清逸的薄云飘浮在黛绿色的山峦间。天空一片湛蓝，月亮恬静地挂在东边天际，像是画师给画上去的。不远处的雪山犹如陷入沉思的父亲，虽沉默不语，暗中却透出一股深不可测的气息。雪峰周边的天际萦绕着一抹抹神秘的蓝色云带；雪山从底端的深暗，到腰间慢慢有了疏淡的光，再到顶端清汪汪一片洁白——层次如此分明、清晰。天光稳定，这样的气象预示着长久的好天气，牧民们的心情也就放松了，他们在操场舞台前方铺起了地毯，席地而坐。毯子上摆满了吃的喝的——事先烧好的酥油茶装在热水瓶里，只要盖子一打开就会香气扑鼻；保温瓶里则盛上了浸满酥油的油淋人参果；麻花是冲着这场舞会现炸出来的，就像堆积木那样地码在花碟子里。这些是距离近的牧民。

距离远的牧民更讲究了，他们在地毯的后方搭起了一顶顶洁白的帐篷，还搬来了家里的雕花茶几，把各种美食整齐地摆放在茶几上。将要献给小演员们的洁白哈达，高高地挂在帐篷的柱子顶端。有些牧民的白帐篷上，在门帘、篷顶和边沿的四周，还滚上了五彩祥云和莲花图案。余晖洒在帐篷上，那些祥云和莲花被镀上了一层明亮的金色。

舞台后方也有一顶饰有祥云和莲花图案的白帐篷，这是一顶集体大帐篷，大到可以在里面唱歌跳舞。即将登台表演的小演员们正在里面紧张地梳妆打扮。他们都是邦金的学生，其中的青措、曲珍、德西朗玛还是草原上的“阿古顿巴[1]小课堂”的小老师呢！因为阿古顿巴小课堂起先是由来自内地的汉族支教老师——梅朵老师和邦金共同创办的，三位小演员便趁着校庆特地从县城的学校赶过来，奔的就是在校庆当晚给大家展示她们的拿手节目，一部专门为梅朵老师和邦金打造的特别节目——舞台情景剧《会唱歌的帐篷》。

此刻，三位小演员正在试穿演出时要穿的服饰——节目中的原型梅朵老师、小老师邦金和小老师卓玛的衣袍。三个原型来自三个不同的地方，衣袍也各具特色。由于衣袍的款式较为繁杂，有内衬、外衣和水袖，穿戴起来也就有些复杂，三个人正在相互帮忙。

曲珍扮演小老师卓玛，卓玛原是桑伽草原的孩子。桑伽草原海拔高，终年气候寒冷，这里的衣袍和低海拔的农区的衣袍就有点区别——同样是氆氇袍子，但布料要比农区的厚实一些。这样的细节，若不是用上了真诚的情感是注意不到的。

---

①藏族民间故事中的机智人物，其故事在藏族地区流传很广。他和维吾尔族的阿凡提一样，是深受人们喜爱的艺术形象。

德西朗玛扮演的是梅朵老师，原本她准备的是一套户外服装；但在彩排的时候，邦金一看就不满意，她感觉那不是她心目中的梅朵老师。她心目中最喜欢的梅朵老师的样子是穿着一身落落大方的氆氇衣袍。负责导演这个节目的旺堆一听邦金这话，当场就给德西朗玛换了一款草原成年女子的装束，一件崭新的氆氇藏袍——柔和的布料、青灰的色调，大襟、宽腰、长袖，袍子内衬小圆领的雪花绸褂子；腰间再系上一条羊毛质地的五彩邦典。一身穿戴完毕，德西朗玛顿时显得既干练又清爽，迈起步来正是款款而行，落落大方。邦金这一看，才满意地点了点头。

青措是扮演邦金本人的。那时邦金才十五岁，是个身材壮实的牧场姑娘。为了更接近原型，青措今天特意选了一件与邦金的衣装颜色相近的氆氇衣袍。袍子的衣领、襟边、袖口、下摆处，分别匝上了五彩花朵图案的缎料子绲边；里面搭配一件粉红色小圆领的丝绸褂子。穿戴完毕后，青措又往脖子上套了一条红珊瑚和绿松石相间的项链，整个人看起来真是神采奕奕。

青措一边整理衣袍一边悄悄地观察邦金，模仿她的一举一动，想尽量在神态上和她更贴近一些。模仿一阵后，她挨近扮演梅朵老师的德西朗玛，在她面前摆动衣袍，问：“你看嘛，我这样可像邦金老师？”

德西朗玛会意一笑，说：“像是像嘛！”顿了下，又补上一句，“还是袍子的颜色更像一些！”

青措噘起嘴说：“你这就是嫉妒呀！”

德西朗玛便伸手取下青措脖子上的项链，解释道：“看吧，还佩戴项链，显得这么富有——你这演的是现在的邦金老师嘛！过去的小老师邦金可没钱买这么好的项链哟！”

青措这才恍然大悟——可不是嘛！听说过去邦金和她阿弟的生活都是由梅朵老师管着的，哪里能佩戴这么好的项链！

青措就不好意思地收起项链。这时，只见德西朗玛朝她摆动起身上的氆氇袍子，自信满满地说：“我这才像梅朵老师呢！”

青措看了她一眼，不服气地说：“你这像不像梅朵老师，只有邦金老师说了才算嘛！”

一旁在节目中扮演小老师卓玛的演员曲珍，一听“梅朵老师”，就不由得发出感叹：“我们都很久没有见到梅朵老师了！”

青措点头响应：“是嘛，我还是两年前见到的！”

扮演梅朵老师的德西朗玛这下就把自己当成了她，说道：“昨天还听邦金老师说，梅朵老师本来这次是要上草原来的，但是身体不适应了！”说完，她拍拍自己的胸膛，自顾自地鼓励道，“我可要好好吃饭、好好长个子，等长到和梅朵老师一样高——哦呀！到时就算她没回草原，你们也能见到她，她就在这里嘛！”

03

草原之夜

到西边山峦间被夕阳丢下的那几缕薄云隐入夜的天幕之后，月亮就从东边天际爬上了桑伽小学的正上空。这时，湛蓝色的天空就变成了深邃的银河。星星，就是这样在人们毫无察觉的时候，像变着戏法儿一样从深不可测的银河里一股脑儿地冒出来了。

桑伽小学那被五星红旗和五彩飘带环绕的操场上，篝火也烧起来了。孩子们期待已久的节目开始上演。首先开场的是集体锅庄舞蹈:《金色的草原》。这是由邦金教的三年级学生表演的节目，一共有二十个孩子上场，都身穿清一色的红白相间的藏袍——红色是宽大的丝绸外袍，白色是内衬的塔夫绸水袖褂子。震撼的音乐声响起，气氛立马热烈起来，孩子们踩着音乐节拍，荡起洁白的水袖，迈开齐刷刷的舞步，在舞台上尽情舞蹈。一场下来，台下掀起阵阵热烈的掌声。

第二个节目是《草原踢踏》。这又是一场集体舞蹈，不过，相比第一场，它多出了一份独特——要把舞蹈跳得“唱出歌”。这是一场粗犷奔放、热情洋溢的“炫技”之舞，能参加的孩子都要具有强大的体能和娴熟的舞技。上台的孩子们都穿上了牛皮靴，靴子的底端都嵌上了铁制的鞋掌，跳起来时，鞋掌会发出整齐美妙的声响——这就达到把舞蹈跳得“唱出歌”的效果了！这次跳踢踏的领舞人是桑伽小学最年轻的老师秋真，伴舞的依然是邦金的学生，只不过是五年级的孩子。邦金在桑伽小学那可是顶呱呱的“牛老师”，不仅要教三、四、五年级学生的主课，还是学校的教导主任，并且包揽了三个年级的音乐舞蹈课。

第三个节目是《草原说唱》。这是由说唱人旺堆指导排练的节目，由五年级的两名学生表演。两名学生一个说唱《阿古顿巴的故事》，一个说唱《司马光砸缸的故事》。

第四个节目为《草原弦子》。这是一个载歌载舞的节目，由六位老师和六名学生共同上场表演。老师们手持精致的胡琴，分别从舞台的两侧领队入场，一边拉胡琴一边舞蹈，迈出“三步一摇，五步一靠”的步伐；学生们则跟在后面边歌边舞。瞧那场面，一会儿优美抒情，一会儿随性洒脱，一会儿飘逸悠扬，一会儿热情奔放，直叫台下观众一个个跟着鼓掌叫好。

十个节目表演结束后，就到了今天的压轴——舞台情景剧《会唱歌的帐篷》了。此时舞台上出现了三个道具：一个是纸板搭成的拖拉机模型，一个是真正的户外小帐篷，一个是沉甸甸的大背包。老师们正在忙着摆放道具，身材高挑的小主持人拉姆端正地站在舞台中央，面向台下殷切等待的孩子们和家长们，用清亮的嗓音大声报幕：“下一个节目是今天的压轴——《会唱歌的帐篷》，讲的是令人尊敬的汉族支教老师梅朵和两位小老师在草原上创办阿古顿巴小课堂的感人故事。下面有请扮演梅朵老师的德西朗玛同学、扮演小老师邦金的青措同学、扮演小老师卓玛的曲珍同学，上场——”

台下响起一阵热烈的掌声，三位小演员闪亮登场。为了保证演出效果，桑伽小学的老师们可是想尽了办法。比如，他们给节目中的不同场景、不同内容都配上了合适的音乐——当年的梅朵老师领着小老师们搬运物资时，就用上柔和的轻音乐；到三个人开车上路时，又采用畅快的草原弦子；在车进入深山、将要发生险情时，就变成神秘又紧张的快节奏音乐；当梅朵老师因高原反应昏迷时，则又变换成低沉伤感的音乐；到两个小老师为了唤醒昏迷中的梅朵老师，一首接一首地唱歌，最终把嗓子唱得嘶哑、再也发不出声音时，音乐声戛然而止……紧张动人的故事、小演员们精湛的演技，配上丝丝入扣的音乐，叫台下观众犹如身临其境。

04
殷切的请求

舞会上的压轴节目《会唱歌的帐篷》是在“音乐声戛然而止”时结束的。三位小演员手拉手站到舞台前方准备谢幕时，就见台下的大人们在热烈地鼓掌。有两个年轻牧民还把手指放进嘴里，“嚯嚯”地打起了响亮的口哨。但舞台下方刚才还因为剧中的小帐篷被狂风暴雨摧残而发出惊叫声的学生们，此时却一片安静，一个个朝台上瞪大充满渴望的眼睛，期待还有后续的节目。原来他们还沉浸在演员逼真的表演中没走出来，当看到三位小演员准备谢幕时，他们顿时愣住了，心中蹦出了很多疑问：接下来呢？梅朵老师为什么要开办草原小课堂呢？邦金又为什么要去接替梅朵老师呢？梅朵老师在黑夜里昏迷了多久？她是怎么被更嘎主任救出来的？学生们想问的问题真是太多啦！他们期待能从后续的节目中得到答案，但是小演员们谢幕了！

此时，坐在前排的邦金，两眼早已经湿润。她心里仿佛堵着什么，说也说不明白，吐也吐不出来——她太想念梅朵老师了！本来这次梅朵老师是要赶过来参加校庆的，但就在她快要到达桑伽草原时，却因为高原反应严重，不得已又返回了。刚才看到扮演梅朵老师的德西朗玛演得那么让人入戏，她恨不得跑上台去抱抱她的“梅朵妈妈”，可现实中的梅朵妈妈却在远方！她对梅朵妈妈的思念,可不仅仅是舞台上表演的“唱一夜的歌，流一夜的泪”就可以轻易缓解的！此刻，思念占据了邦金的心，她起身准备回宿舍，想给她的梅朵妈妈写封信，向梅朵妈妈讲述今晚的节目、今晚的牧民、今晚的孩子。

此时学生们都已经被《会唱歌的帐篷》震撼了，只恨节目太短，他们无法从中了解他们想要知道的答案。邦金老师既然是这个故事的小主角，他们就应该找邦金老师问个究竟。但是他们准备去找她时，却看到邦金老师疲惫地朝宿舍走去了。这几天为筹备校庆，邦金老师忙里忙外，太累了，学生们心疼老师，不忍心再去打搅她。

一场狂欢之后，大人们也都有些疲惫了。路近的开始回家，路远的都钻进了各自的帐篷。这时，说唱人旺堆被一群孩子围上了。孩子们都知道，《会唱歌的帐篷》是旺堆导演的，旺堆从小就和邦金老师生活在同一个牧场，他又是最早进入阿古顿巴小课堂学习的，他当然最了解邦金老师！

所以，孩子们把旺堆团团围住，殷切地请求他。这个在说：“阿哥，请给我们讲讲邦金老师的故事嘛，她为什么要接替梅朵老师开小课堂呢？”那个在请求：“阿哥，邦金老师的梅朵妈妈当时昏迷了多久？

后来是怎么得救的？快给我们说说嘛！”这个在忙着给旺堆倒上酥油茶，说：“阿哥，你讲得渴了就喝一口嘛！”那个又忙着往旺堆的怀里塞上一把人参果，说：“阿哥，你讲得饿了就吃一颗嘛！”最喜欢听故事的洛桑已经等不及了，从自家帐篷拿来一条洁白的哈达，敬献给旺堆，认真地说道：“阿哥，敬你一条洁白的哈达，这可是拉萨的一位大教授送给我阿爸的！”他身后的大吉立马神气地补上一句：“阿哥，这就也算是大教授送给你的了！”

旺堆见他们又是倒酥油茶，又是送人参果，又是献哈达，便在心中窃笑。作为草原上最年轻的说唱人，又是当年阿古顿巴小课堂的小老师，他可是装着满肚子的故事呢，包括邦金和她的梅朵妈妈的故事。现在既然孩子们都这么急切地想要了解这个故事，他也就乐意给他们讲一讲。

于是他接下洛桑的哈达，喝下大吉的酥油茶，吃一颗列玛的人参果，之后摆好姿势坐好，便抬头凝望夜空，久久地凝望，就好像是他的故事太长太长啦，没有一片广阔天地，装不下他漫长的讲述。于是，那夜空中的星光和月光，还有身旁孩子们那殷切期待的目光，都成了他的听众……

第二章

05

十五年前的那一场雪

作为草原上最年轻的说唱人，旺堆讲故事的本领那可是顶呱呱的！他的嗓子里就像是装着一只铜铃，从里面发出的声音就像是宁静的夜晚里、皎洁的月光下，小河里的潺潺流水，从十五年前的那个冬天缓缓流淌开来——

十五年前，距离桑伽小学五十公里的麦麦大草原上，突然下起了一场暴雪，寒风裹挟着鹅毛大雪，铺天盖地下了五天五夜。大地被冰雪完全覆盖了，草原变成了失去生机的世界。草原上几乎所有动物——灰兔、雪鸡、黄鼬、火狐、岩羊、藏原羚，都被冻死了，深埋在冰雪下面。

学校东边雪山的崖岩上住着一只岩鹰，因为大雪，它无法捕到猎物，只能闭着双眼静立在山岩上，等待被饿死的命运降临——如果太阳在第六天还不露面的话。

幸运的是，第六天清晨，仁慈的太阳终于露出了笑脸！阳光从遥远的东方天际扑上山巅，朝着岩鹰立足的山崖照射过来。岩鹰的双眼在阳光的刺激下，终于缓缓张开了。它疲惫地向四周张望，却看不到可以维持自己生命的猎物。

“啾——”岩鹰发出一声凄厉的叫声，抖落满身冰雪，缓缓张开翅膀，在饥寒交迫中飞了起来。它从高空滑翔而下，穿越茫茫草原，在朝阳的金色光线的指引下，它绝望的目光突然搜索到一线希望：前方那起伏的雪原当中，浮现出一团似乎在蠕动的黑色，是猎物！

岩鹰奋力扑打翅膀，朝着前方俯冲而下。但是它的双眼可能在这场大雪灾中受伤了———昔日它可以在千米之外准确无误地识别猎物，但这一次，它的目光捕捉到的那个似乎在蠕动的猎物，竟然是一个晕倒在雪地上的小女孩！

多失望啊！岩鹰扑打着翅膀在小女孩的头顶盘旋尖叫，投影几乎覆盖了小女孩。

小女孩呢，因为在雪地上长途跋涉过久，已经接近昏迷状态，如果不是岩鹰在头顶叫唤，她可能会永远这么昏迷下去，再也不会醒来。

但是现在，她艰难地睁开了双眼！

“神鹰……神鹰……”小女孩仰望天空，竭力地呼唤。似乎有一双翅膀悄悄地插在她的后背，叫她奇迹般地从雪地上站了起来！

“救命的神鹰！”小女孩喃喃自语，仰望着岩鹰。只见岩鹰闪过她的头顶，朝着太阳升起的东方飞去，就像一块手帕轻捷地滑入云朵深处……

这个小女孩，就是现在的邦金老师！当时她才九岁。她的家在大草原的西边，她现在要去的是大草原的东边。从清晨到现在，她已经翻过了两道雪山垭口、一条冰河、一片宽阔的草原雪地。她的妈妈在大雪中受伤了，她是要赶到草原东边的寺庙去寻求救援。

06

神鹰，请给马队领个路吧！

邦金跌跌撞撞地赶到寺庙，但刚刚挨近寺庙大门，就因为体力透支，一头栽倒在地。

她再次醒来时，发现自己已经躺在寺庙僧舍的一张大床上。她看到慈祥的寺管家耿秋正坐在自己身边，用宽厚的大手抚摸着自己发烫的额头。

“小娃，你家怎么样了？”耿秋管家问她，面色凝重。

邦金眼里滚出两行热泪，喊一声“阿乌[1]……”，却又说不出更多话来。

闭上眼，邦金开始在可怕的记忆中挣扎——

①舅舅的意思，也用作对长者的尊称。

茫茫大草原上，雪下过一场又一场。山上的藏原羚到牧场上寻找草料，寻不到，一只一只地冻死在帐篷外面。岩羊也像冰棍一样挂在山岩上。邦金家的帐篷在两天前被大雪压垮了。阿妈想起牧场下方、河道边的崖岩下有个岩洞，就赶着牦牛往那里转场。但是崖岩上的石头是松动的，阿妈正要进岩洞时，上面的一块大石突然滚了下来，把阿妈的双腿砸伤了！阿妈当时并不知道疼痛，因为冰雪冻僵了她身上的感觉器官，叫它失灵了。阿妈在风雪中一瘸一拐，把家里的牦牛赶到洞口边集中起来，以为这样就可以保住牦牛。但第二天清晨，阿妈走出岩洞一看，牦牛还是几乎全被冻死了！唯有一头阿哥牛[1]还活着，它卧在雪地里，尾巴被冻在冰坨坨当中。阿妈慌忙上前拉牛，但她受伤的双腿使不上劲，拉不动。可是如果一直卧在冰雪中，阿哥牛终将会被冻死。阿妈咬紧牙关，举起皮鞭狠狠抽打阿哥牛的屁股。阿妈抽得凶猛，阿哥牛疼痛难忍，拱起前蹄，头部用力一甩，竭尽全力蹦了起来。它的身躯虽然摇晃着脱离了雪地，尾巴却生生地被冰坨坨勒断了！阿哥牛的眼里泛出了泪光，阿妈的眼里流下了泪水。她趴在雪地上朝邦金叫喊：“波姆，我的腿受伤了，不能走路，你快去寺庙找耿秋管家，请他派人来救我们！”邦金含泪说：

①公牛。

"阿妈，我要背着你一起走！"阿妈朝她拼命摆手："要背你就背阿弟，但你身子太小，雪这么深，背不了多远你俩都会被冻死的！"邦金一听，不敢再多想，转身一头钻进风雪中……

邦金努力从这可怕的记忆中挣脱出来，她哽咽了。

耿秋管家从邦金悲伤的神情里意识到西边草原上雪灾的严重性，他抚摸着邦金的脸，招呼她："小娃，不要哭，有寺庙在，你怕什么嘛！"

耿秋管家当即派出两个身强力壮的扎巴①，前往邦金家所在的西边草原，救援邦金的阿妈和阿弟。他们得知邦金阿妈的双腿被石头砸伤，不能行走，而邦金的阿弟是个双腿瘫痪的孩子，就牵上两匹大马，用于救人。邦金则被安顿在寺庙的僧舍里等待阿妈和阿弟。

透过僧舍的窗户，邦金看到两个扎巴牵着大马向她家所在的草原走去。白花花的雪地刺痛了她的双眼，她抬起头，朝着窗户上方疲惫地眨了眨眼。这时，她看到白亮的天空中飞来两只大鹰，它们一上一下，在扎巴前行的雪地上方悠然自得地滑翔。

邦金连忙爬起身，朝着大鹰双掌合十，虔诚地祈祷："救命的神鹰，请给扎巴哥哥领个路吧，让他们尽快救出我的阿妈和阿弟！"完了，她再次朝大鹰飞翔的方向拼着劲儿磕头，直到它们变成两个小小的黑点，飞向远方。

可能是太累，邦金爬上床榻后就睡着了。

①僧人、和尚。

07

阿妈！阿妈！

邦金这一睡就是大半天。到天黑时，她终于醒来。睁开眼，她看到僧舍里亮起了一盏小小的酥油灯，微弱的灯光被从窗户外扎进来的夜风吹得忽闪忽闪。她突然感到一阵心惊：天已经黑了，扎巴哥哥和两匹大马呢？怎么还没有回寺庙？她把脸紧贴在窗户的玻璃上，望着窗外高低起伏的雪地。夜晚的雪地并不是漆黑一片的，天上的月光映照着地上的雪光，清清朗朗，把邦金的视线送到了很远的地方。她突然看到，在那很远地方的草坝子上，晃动着两三个摇摇晃晃的身影。

“那是扎巴哥哥的小马队！他们救回了我的阿妈和阿弟！”邦金连忙穿上衣袍，惊喜地往僧舍外跑去。

隔壁僧舍的酥油灯随着邦金惊喜的喊声亮起来了，一位喇嘛走出僧舍，招呼邦金：“小娃，别急着跑嘛，他们平安了就好。外面冷，你就在这里等着。”

邦金转身一看，是年迈的垛吉老喇嘛。出于对老喇嘛的尊重，她只好压住心中的急切，停下来，踮着脚朝前方张望。

当听到马靴和马蹄踏着雪地，发出“咯吱咯吱”的响声时，她的身子不由得一晃，情绪突然紧张起来。因为她看到：那救援的小马队中，有两个扎巴、两匹大马，大马后面还跟着她家的那头阿哥牛。她的阿弟坐在马背上，而另一匹马的背上却是空的！

“阿妈呢？我的阿妈！”邦金浑身一冷，整个人像是掉进冰窖里。

老喇嘛连忙赶上来，没有说话，只是用他宽大的衣袍罩住邦金，遮住她的脸面。

邦金似乎很听话，把头深埋在老喇嘛的怀里，浑身就像筛糠一样颤抖。

老喇嘛已在“嗡嗡”地念经：“唵嘛呢叭咪吽……唵嘛呢叭咪吽……唵嘛呢叭咪吽……”

诵经声一声比一声紧迫，叫邦金不敢哭。老喇嘛轻轻推开邦金，用大手轻轻拍着她的脸颊，但邦金没有反应。她的耳朵好像也失聪了，回来的两个扎巴已经来到她身边，一个扎巴从马背上抱下她的阿弟，对她说：“小娃，过来接一下。”但是她在发呆，没有接过阿弟。直到最后，她听到另一位扎巴在对老喇嘛说：“阿苛[1]，他们的阿妈在冰雪中走了。尸陀林[2]就在西边草原，路上雪太大，我们就把她留下了……”

老喇嘛停止诵经，沉默不语。邦金的阿弟已被扎巴抱下马来。可能是一路寒冷，加上受到惊吓，阿弟缩成一团，浑身不住地哆嗦。老喇嘛对扎巴说：“这小娃太冷了，你先把他抱到我的屋里暖和一下。”

邦金的泪这时才无声地滚出来。她知道，她的阿妈没有了！她不敢哭出声，只能紧紧地咬住嘴唇，直到咬破皮，出血了，才轻轻地低声呼唤：“阿妈！阿妈！”

①对长者的尊称。

②天葬台。

08

馈赠

邦金自幼没有阿爸，一直是和阿妈、阿弟相依为命。这下阿妈没了，虽然还有一位阿舅，也是她的亲人，但阿舅早年出家，到山里修行去了，不知哪年才能回来。雪灾过后，她和阿弟将何去何从呢——进寺庙后，悲伤中的邦金最担心的就是这件事了。

耿秋管家已经看出邦金的担心，他指着远方雪山脚下的一座寺庙问她：“小娃，你看到前方那座寺庙了吗？”

邦金朝耿秋管家点点头。那是专门供觉母[1]修行的寺庙，她知道。

耿秋管家便又问：“你想不想到那里生活？”

虽然邦金年纪小，但她打小就跟随阿妈进寺庙朝拜，进寺庙生活的规矩她是知道的。从内心讲她也乐意。但一转眼，她看到家里的阿哥牛孤单地站在寺庙前方的草地上，也不吃草，也不走动，只是昂着头呆呆地望着远方。

它在望什么呢？假如自己要去寺庙，它去哪里呢？

她又转头看身旁的阿弟，问自己：“假如我要去寺庙，阿弟怎么办呢？就算耿秋管家会收留阿弟，那我从此就要和他分开了。”

她再抬头望望天空，想起阿妈在天上，她肯定正在看着自己吧。

果然，她仿佛听到天空中传来阿妈的声音，在对她说：“波姆，你

①尼姑。

的阿弟腿脚不好，到哪里都需要别人照顾。我们家这么穷，没有钱供养寺庙，不能再给寺庙添麻烦了！”

邦金完全听懂了阿妈的话。她趴倒在地，朝着耿秋管家磕头，请求他：“阿乌，等雪灾过去，让我带阿弟回牧场去吧。”

耿秋管家并不惊讶，朝邦金点头说：“那也行。”他想了想，又问，“可是你家只剩一头公牛，未来生活怎么办？”

邦金难过地垂下头，她也不知道怎么办。

耿秋管家其实胸有成竹呢，当他得知邦金一心要回牧场时，就已经替她想好了办法，便试探地问姐弟俩。他先问阿弟次旦：“小娃，你可有什么愿望？”

次旦还很小，刚刚能听懂大人的话，结结巴巴地说：“我想、想和阿妈在一起。”

耿秋管家朝他微微一笑，又问了邦金同样的问题。

邦金认真地回答耿秋管家：“阿乌，我希望家里多几头牛。”

耿秋管家点头说：“好吧，寺庙可以送给你家两头牛。”

“那我要母牛！”邦金脱口而出。

耿秋管家装作吃惊的样子，故意问：“大公牛更有气力，你为什么要母牛？”

邦金解释说：“因为母牛可以生出多多的小牛！”

耿秋管家朝邦金投去赞赏的目光，夸她：“你这小娃还是可以的嘛，我听说，你从五岁起就开始放牛了？”

“是的，阿乌。”邦金老实地回答。

“那寺庙把两头母牛送给你，也就放心了。”耿秋管家欣慰地说。他想了想，又问：“但是你的阿弟，你确定要带回牧场吗？”

“他行走不方便，住在寺庙只会拖累人，阿乌，让我带他回牧场吧。”邦金懂事地说。

耿秋管家没再说什么，只是喊来之前的两个扎巴，吩咐他们：“这俩娃暂时就安顿在寺庙里，等雪灾过去再送他们回牧场。到时，要给他们备上够吃两个月的糌粑、酥油、大茶和盐巴。”

09

亲爱的阿弟

到冰雪被阳光逼进河道里、变成奔腾的河水之后，进入邦金家草原的道路也被县里的道班抢修得完全畅通，可以骑马进入了。这时，之前在大雪灾中被政府接出去暂时安顿的牧民们开始返回草原，伴随牧民一起返回的还有县民政局的运输马队，他们驮运灾后重建物资进入草原。物资分给了邦金家，也分给了其他受灾牧民。

邦金家除了有寺庙送的母牛和足够姐弟俩吃上两个月的糌粑、酥油、大茶和盐巴，还有政府送来的大米、香油、一顶帐篷、一拖拉机煤炭和三大包抗寒的棉衣、棉被。邦金依靠这些馈赠，领着阿弟在草原上坚强地生活着。两头母牛来到邦金家，就成了邦金家的成员，邦金分别给它们取了名字。个头大的是一头纯黑的牦牛，就叫大黑；个头小的因为尾巴上长有白色斑块，就叫花尾。但相比大黑和花尾，邦金对家里的阿哥牛给予了更多爱护。因为她知道，没有阿哥牛，大黑和花尾就无法给家里添小牛。

这天清晨，邦金像往常一样早早就起床了。她生火、烧茶，帮阿弟穿衣、梳洗；揉好糌粑，倒好清茶，姐弟俩开始吃早饭。酥油是舍不得吃的，要一点一点地积攒起来，等攒成十个团团，总共十来斤吧，就会托隔壁草场的邻居彩嘎娘娘带到乡里去卖掉，换成现钱存放在彩嘎娘娘那里。会算账的彩嘎娘娘帮邦金算过一笔账：她只要攒下一百个酥油团团，就可以到县城的牛市买回一头小牛。现在邦金唯一的愿望就是：家里的牦牛越来越多，可以让自己和阿弟敞开肚皮吃酥油。

吃完早饭，邦金就用一根腰带把阿弟的小腰紧紧地绑起来，把他拴在帐篷中央的大柱子上。过去阿妈在世时，她去放牛，阿妈会照顾阿弟；但现在阿妈没了，她只能这样。如果不拴住阿弟，双腿瘫痪的阿弟就会在帐篷里到处乱爬——要是把好不容易积攒起来的新鲜酥油打翻了，那就得不偿失。而带上他去放牛也不可能，草原上时风时雨，年幼的阿弟根本受不了。再说，放牛的草坝子距离帐篷路途遥远，她要赶牛，没有精力和气力背着阿弟去放牧。

邦金拴好阿弟后，就赶着牛群到远方的草场上去了。她家有两个小草场，一个是夏季草场，一个是冬季草场。夏季草场非常远。阿妈在世时，邦金去夏季草场放牛，中午都是不回帐篷的，只带些糌粑和茶水，午餐就在草场上吃，傍晚才回帐篷。但是自从阿妈去世后，她中午必须赶回帐篷，因为要给阿弟烧吃的。

这天中午，邦金像往常一样放长了系在大黑、花尾和阿哥牛鼻孔上的绳索，把长长的牛绳拴在草地的木桩上，就匆匆赶回帐篷。她烧好清茶，揉好一团糌粑递给阿弟，阿弟却哭哭啼啼不肯吃。她只好自己先吃起来。吃完见阿弟还是不吃，想到要尽快赶去放牛，她就有点不耐烦，催着阿弟："你吃不吃嘛，不吃我可不管了，要放牛去！"

阿弟两边脸颊泛着红晕，眼睛被泪水浸着，有些红肿。邦金心里想着放牛的事，也就没有注意到这些。见阿弟还在磨蹭，没办法，她只好蹲下身一口一口地给阿弟喂茶，再把揉好的糌粑团一点一点地塞进阿弟口中，哄着他吃下。这个过程有些漫长。邦金一边喂阿弟，一边想着草场，想到刚才给阿哥牛拴绳索时，因为急着赶回帐篷，好像木桩并没有插紧实。现在正赶上公牛的发情期，这时的阿哥牛劲头很大，它会不会挣脱绳索或拖起木桩跑了呢？邦金这么一想就很着急，她开始催促阿弟快快吃。这一催，又把阿弟催哭了。邦金只好再来哄，从袋子里摸出一块饼干塞给阿弟。这饼干还是彩嘎娘娘半个月之前给她的，她舍不得吃，主要用来哄阿弟。

10
黑夜里的孩子

费了好大功夫，邦金才把阿弟安顿好。她匆忙赶往草场，一看，大黑和花尾还在原地埋头吃草，阿哥牛却真的不见了！但那个拴牛的木桩竟然还插在草地上，长长的牛绳也没有丢。邦金心一紧，凭经验分析，肯定是拴在牛鼻子上的绳结被阿哥牛弄脱了。这就很麻烦了！因为阿哥牛如果拖着绳索跑掉，终究会因为绳索的羁绊而跑不远，但现在牛绳是从牛鼻子上滑脱的，阿哥牛没有绳索的阻碍，会跑得更为利索！

邦金站在草坡头思量。她家的夏季牧场是那种高低不平、有着条条沟壑的草坝子。南边的草坝子前方有一条河，阿哥牛如果到南边，那最多是去河里找水喝，不会过河的。北边的草坝子蒿草茂盛，是阿哥牛经常吃草的地方，但面积宽广，绵延不断，一条条沟壑嵌在其中，要是阿哥牛因贪嘴跑到那里，一不留神就会步入沟壑深处，然后顺着沟壑越走越远。邦金权衡了一下，想如果阿哥牛去了南边，有大河阻隔定然丢不掉；但如果进入北边，就有可能顺着长长的山沟走远了！

情急之下，邦金一头扎进北边牧场。相比横亘在牧场上的巨大沟壑，邦金的身子真是太小啦，就像大海里的一滴水一样。邦金心中非常焦急，她沿着北边牧场一边寻找一边打口令：“啊唆唆唆唆唆唆唆——啊唆唆唆唆唆唆唆——”

可牧场太空旷了，她的声音像是被一张无形的大网给罩住，只回荡在她奔跑的草地周边。她已经跑了很远的路，翻过了两条长长的沟壑，越过了三座草坝子，再走，就要走出当地草原的地界了，却仍然没有看到阿哥牛的影子。

那肯定是这条路选得不对！邦金这样想着，随即折身，但她并不想按原路回返。她准备进入另一条山沟——蒿子沟。因为她隐约记得蒿子沟里有很多小草坝子，由于避风且阳光充足，蒿草长得茂盛。也许阿哥牛跑到那里去了。

邦金转身踏入蒿子沟。因为急着寻牛，她根本没意识到，天就快要黑了。阴暗的草原上，邦金焦灼的口令声回响在山沟里："啊唆唆唆唆唆唆唆——啊唆唆唆唆唆唆唆——"她一边跑一边喊，声音一次比一次短促，最后就变成了哭声，因为她感觉到风吹在脸上湿气很大，这是要下雨的征兆啊！草原的夜晚是这样的：有月光的时候，人的视线能到达很远的地方；但如果下雨，就会黑得伸手不见五指。

一定要赶在下雨之前找到阿哥牛，要不雨一下起来，连她自己也看不见回家的路了！想到这里，邦金加快了脚步，一边呼喊一边奔跑。她身上的外袍是阿妈生前穿的，实在太大，裹着她小小的身子，叫她跑不快。她只得脱下外袍，塞进草丛中藏起来，再用石头压上做个标记，等着回头再来拿。

脱下外袍后，邦金果然跑得快起来。她举着鞭子，喊着唤牛的口令，在黄昏空旷的草原上奔跑，像一头失散的小牛正在被狼群追赶，那么焦急、慌张。

是啊，狼群——邦金突然想到狼群！她记得，蒿子沟正是狼出没最多的地方。因为狼也知道这里蒿草茂盛，牛喜欢来这里吃草。邦金还记得，一年前，彩嘎娘娘家的一头母牛就是在这条山沟里被狼吃掉的；她的女儿巴姆有一次到沟里寻牛，也差点被狼攻击。要是阿哥牛进了这里，夜深了，指不定也会遇到狼！邦金越想越急，最终，巨大的恐惧竟给了她巨大的力量，让她越跑越有力，不知疲倦。这时，天渐渐黑起来，草原上的雾霭越来越浓，蒙住了她的双眼。她跑得满头大汗，心脏也因为奔跑而“咚咚咚”地快速跳动。汗水和雾气浸透她的脸面、遮住她的眼睛，导致她看不清前方的路。突然，她被一块石头绊住，一个趔趄摔倒在地上！

倒下后，她再无气力翻身，任凭脸面贴在潮湿的地面上，发出火辣辣的疼痛。她用手摸了下脸，这才发现，原来潮湿的并不是地面，是她的脸被地面上的尖石子戳破了，流出了血。想到过去身上如果有哪里破皮流血，阿妈就会抓一把灰土抹在伤口处，用力揉一揉，血就会止住，她连忙把脸面紧贴在地面上，来回地摩擦，滚了一脸的泥。然后，她用双手撑着地面，用力一弹，爬了起来。她沿着山沟继续奔跑。是的，如果找不到阿哥牛，她似乎连家也不想回了！

11
阿哥牛

功夫不负有心人，在大雨来临之前，邦金终于凭借平时放牛的经验，在蒿子沟的尽头找到了阿哥牛！她喜出望外，奔上前去。

但是新的情况出现了——阿哥牛竟然陷进了草坝子下方的泥坑里！怪不得不见它回返，邦金那么大声地喊口令它也没有动静。这个泥坑非常深，阿哥牛的左半边身躯已经完全陷进乌黑的泥巴中。泥坑周边的草地上有一层像糨糊一样的泥浆，那是阿哥牛在挣扎中抛出来的。看来它已经折腾了很久，但它笨重的身躯无力挣脱泥坑。

邦金扑上前，一把抓住牛角。阿哥牛已无气力，垂着脑袋，眼里含着无助的泪水，疲惫地望着邦金。邦金从未见过阿哥牛这副模样——平日里生气勃勃的它，现在完全被泥坑打败了！邦金心里特别难过，脸面贴在牛角上，伤心地流下眼泪。她用鞭子拴住牛角，牢牢勒住，再把鞭子的另一端捆在自己小小的身子上，开始奋力拉牛，一边拉一边喊："起来——起来——啊唆唆——"

但是阿哥牛纹丝不动——在邦金到来之前，它的气力已在挣扎的过程中耗尽了。是啊，只可惜牛不是人，它的智慧还无法让它把气力恰当地用好。

邦金双手紧紧地拉着鞭子，小身子仰挺着，就像拔河那样，奋力地往泥坑上方拉牛。但最终牛角也只是晃动了一下，又垂下去了。之前盲目的挣扎消耗了阿哥牛太多气力，叫它打不起精神配合小主人。邦金只好松开鞭子，坐在地上盯着阿哥牛，另寻办法。她想：阿哥牛经过一番折腾，肯定饿了，用美味的蒿草诱惑它，它会不会因为想吃到美食，一纵身就爬起来了呢？

邦金连忙爬起身，从附近的草地上抓来一抱蒿草——她专门挑了那种带着壮实草籽的蒿草。

“啊唆唆——啊唆唆——”她把蒿草放在牛嘴的前方，希望阿哥牛因饥饿而抢食草料，从而纵身一跃爬起来。

但是结果令人非常失望，且不说阿哥牛不会因草料而使出劲头，就是把草料贴在它的嘴边上，它也一动不动，像是没有看到。邦金顿时像泄了气的皮球，一屁股瘫坐在地上，没辙了。

夜越来越深，冷风裹着雾气从草坝子上刮下来，叫邦金倒吸了一口凉气。之前因为奔跑她脱下外袍，现在她衣衫单薄，冷风乘虚而入，叫她浑身哆嗦。她上下磕着牙齿，抬头望天。“阿妈！”她朝着天空呼唤，“阿妈，你在哪里？”天空中乌云密布，即将下雨，星星都躲进乌云里了。邦金看不到星星，也就看不到阿妈。

究其根源，与其说阿妈在天上，还不如说阿妈在邦金的心里——当她朝着天空无助地闭上双眼时，她眼前的世界就跳跃到几个月之前的雪灾中去了。那时，阿哥牛卧在雪地里，尾巴被冻在冰坨坨当中，阿妈拉不动，只好用鞭子狠命抽打它的屁股。阿哥牛痛得难忍，竟然挣断尾巴，一纵身爬了起来——那么，现在的阿哥牛，它的状态就是处在一种绝望的混沌当中。如果施出一股强大的外力刺激它，能不能让它清醒、奋力，为摆脱死亡而爆发最后的力量呢?

邦金想到这里，来了劲头，立刻跃起身。她开始细细琢磨阿哥牛陷入泥中的情况：它的整个右侧身躯是倚在草地上的，左侧身躯和左后腿均陷在泥中，整个看起来就是那种“左侧翻”的样子。她估摸着，阿哥牛刚开始只是左前蹄陷入泥坑，之后它想摆脱，就顺着往左前方挣扎，这才导致整个左侧身躯跟着陷进泥中——要是它有人的智慧，当时整个身子往右侧的草地上一翻，那左腿就能轻松地抽出来了。但阿哥牛毕竟不是人嘛！现在如果用鞭子抽打，就必须从它的左侧抽打——从左侧给它制造强烈的疼痛。阿哥牛肯定会为了摆脱疼痛而往相反的方向，也就是往右侧草地的方向爆发气力，纵身一跃，这样它就能爬上草地。

邦金这么想好后，也不敢随便动手。因为牛和人都很累，都需要好好恢复一下气力才行。这也是最后一搏了，如果抽打的劲头不够，阿哥牛感受到的疼痛不够强烈，它就无法释放最大的气力。

邦金已经不像刚才那样急躁了。她开始静下心来安抚阿哥牛。她卧着身子，把脸贴在阿哥牛的鼻子上，拍拍它的头，再像小时候阿妈亲吻她和阿弟那样，亲吻牛的鼻孔、眼睛、嘴巴，弄得自己满脸泥浆。她用手揉了揉双眼，好让双眼变得更加明亮一些。然后她爬起身，深深地吸一口气，吐出；再吸一口，再吐出。之后，她举起鞭子咬紧牙，朝着阿哥牛的左后侧突然一阵猛抽，同时朝着阿哥牛大声吼叫：“快起来！快点啊！”

鞭子抽打在阿哥牛的屁股上，开了花。这开花的鞭子沾着邦金的泪水和阿哥牛身上的鲜血，让阿哥牛发出“哞”的一声惨叫。它睁大眼睛，昂起头，奋力撑起右蹄，纵身一跃，整个前半身就这样摆脱了泥坑！

邦金见阿哥牛前面大半截身躯，包括左前腿都已经爬上了草地，但左后腿还有一半陷在泥中，心想：可不能再这样耗下去了，要一鼓作气地让牛的整个身躯挣出泥坑才行。她迅速匍匐着钻到阿哥牛的屁股下面，抱住那已经挣脱了一半的左后腿，朝着上面狠狠咬下一口。阿哥牛痛上加痛，腿一抖，往上一跃，竟然拖着小主人一起摆脱了泥坑！

12

我就是你的阿妈

半夜里，邦金赶着三头牛浑身湿透地回到帐篷外，拴好牛走进帐篷，一看，阿弟不知什么时候挣脱了拴在腰间的绳索，在帐篷里乱滚，把她积攒了五天的新鲜酥油给打翻了！地上到处都是像糨糊一样的混着沙石和草根的酥油！

“酥油！我的酥油！”邦金心痛地叫起来。她抓过阿弟，像抓起一件小小的氆氇袍子那样，朝着阿弟的屁股“啪啪”就是两下！“啪啪”又是两下！她边打边嚷：“你也是牦牛吗？它把绳子弄脱跑掉，你也想跑掉吗？你跑吧！跑吧！”打完了，她就把虚弱的阿弟拎起来，拖到帐篷外，狠狠地丢在地上，“阿哥牛跑了我要找回来，你跑了我就不用管吃管喝了！”

是啊，想起自己之所以这么辛苦地寻找阿哥牛，就是因为中午赶回帐篷给阿弟烧吃的，才让阿哥牛跑掉了。现在阿弟又打翻了酥油——那可是积攒起来卖钱买小牛的酥油啊！她又一想，阿妈已经死了，她要带着这个无法走路的阿弟一起生活，未来真是太难了！

前前后后想一遍，邦金更加烦躁，见阿弟在大哭，就喝令他不许哭。但阿弟并不懂事，越哭越凶。邦金气不过，翻过阿弟的屁股“啪啪”再来两下。这时，她看到拴在一侧的阿哥牛正在冲着她齁鼻气，那声音听起来像是在说：“小主人，我饿了！”

邦金丢下阿弟，赶上前摸一下阿哥牛的肚角，空塌塌的！这是它白天陷进泥坑没能吃上草料造成的。并且，因为自己的抽打，阿哥牛的屁股和背部都破了皮，受了伤。

邦金顾不得阿弟了，心想：虽然把阿弟丢在帐篷外，但不是还有阿哥牛在陪着嘛！自小就在牛堆里长大的邦金，已经把牛当成家人——有阿哥牛陪在身边，她无须担心阿弟。现在，她要进帐篷烧个热奶水给阿哥牛喝，安慰它一下。

邦金钻进帐篷忙着生火，准备把头一天打酥油时剩下的奶水烧热。帐篷外的阿弟见邦金丢下自己，望望周边的黑夜，吓得又哭起来。他越哭，邦金越烦躁，她非常心疼受了伤的阿哥牛，就没理会阿弟，一心忙着烧奶水，烧好后又匆忙端出去喂阿哥牛。阿哥牛果然是饿了，头往奶盆里一插，“咕噜咕噜”地喝起来。

一直等到阿哥牛把奶盆喝了个底朝天，邦金才发现，不知从什么时候起，听不到阿弟的哭声了！她不由得一惊，扭身一看，阿弟竟倒在湿漉漉的草地上晕了过去。邦金这才慌起来，赶上前抱起阿弟，一摸他的额头，正在发烧！

其实阿弟中午就已经感冒发烧了。天黑之后阿姐还没有回来，他感觉有些饿了，不知用了多大气力才挣脱身上的腰带，爬到装酥油的木桶边，想抓口酥油吃，不承想把酥油打翻了。

邦金打量这时的阿弟，见他双眼红肿、满含泪水，鼻涕和残存的酥油像一层稀泥糊在小脸上。她摸了摸阿弟的额头，滚烫得就像她刚才烧热的奶水。

阿弟用可怜巴巴的眼神望着邦金，就像刚才陷入泥坑中的阿哥牛，那么无辜、无助……邦金突然“哇”的一下放声大哭起来。她一把搂住阿弟，把自己的脸贴在阿弟的脸上，吻着他的头发、额头和脸颊。这时，她仿佛看到阿妈的身影在帐篷里晃动——是的，刚才亲吻阿哥牛的时候她就想到了，过去阿妈就是这样亲吻她、亲吻阿弟的！

“唉，阿弟，我为什么要这样对待你呢？阿妈走了，我现在就是你的阿妈了……”邦金一边嘟哝着，一边赶紧把阿弟抱进帐篷，给他脱了外衣，擦洗身子，安顿他睡下，之后就着锅庄里的余火忙着烧酥油茶——加茶，加奶，加盐，加糌粑，加从地面上撮起的酥油。匆忙烧好后，邦金趁热给阿弟一小口一小口地喂下去，边喂边叮咛："我们小的时候，发烧头痛，阿妈就会烧一锅热腾腾的酥油茶让我们喝下，很快就会好起来……哦呀阿弟，你就放心吧，以后我就是你的阿妈！"

第三章

13

只为小牛而来

就这样，过了两年，邦金十一岁了。在她的精心看护下，寺庙送的两头母牛已经为她家新添了两头小牛，她家共有五头牛了。邦金还想获得更多的牛，让自己和阿弟过上好日子。

这年的秋天，草原下方的农区，青稞快要收割结束，而三年才有一次的草原斗牛大会将在青稞收割完之后举办。邦金很早就从彩嘎娘娘那里得到了消息，她准备让家里的阿哥牛去参加斗牛大会。

草原上，但凡参加斗牛大会的牧人，都奔着一个目标：家族荣誉。比如扎西家的公牛在大会中赢得冠军，那会是整个扎西家族的荣誉。这个荣誉甚至会影响整个草原，比如扎西家住在卡加草原，外人就会说，卡加草原了不起，出了一头英雄牛！

但对邦金来说，她没有家族，只和阿弟相依为命，因此她参加斗牛大会不是为了给自家或者给草原赢得荣誉，而是因为：斗牛大会中，如果她家阿哥牛赢得冠军，就可以得到一头小牛作为奖励——她是为小牛去的。当然，她还不知道，她的人生将会因为这次斗牛大会而发生巨大改变。这是后话。

举行斗牛大会的这天清晨，邦金早早就背上阿弟，牵着强壮的阿哥牛出发了。她所在的草原上还有一户牧民也选了一头公牛前去参赛，便是隔壁草场的尼玛大叔家。尼玛大叔家有很多牦牛，家族人员也很多，有两个兄弟、三个姐妹。他们不但在牧区有很大的草场，在草原下方的农区也有很多青稞地。

邦金是在半路上遇见尼玛大叔的，他也赶来一头公牛。邦金仔细地打量尼玛大叔家的公牛：这伙计虽然体格粗壮、双角威武，但走起路来心不在焉，劲头还是比不上自家的阿哥牛。邦金心里就有些得意。

尼玛大叔见邦金牵着阿哥牛，有些可惜地问她：“小娃，你家牦牛那么少，怎么还要去参加比赛？”言下之意是说：“参加斗牛大会，弄不好公牛就会受伤，要是你家这唯一的公牛受伤了，那可怎么办呢？”

邦金并没有领会尼玛大叔的意思，老实地回答他：“我想赢一头小牛回家。”

尼玛大叔一听就笑起来了，带着批评的语气对她说：“小娃，你不能全想着赢小牛嘛，我们参加比赛，主要是为草原赢得荣誉！”

邦金听尼玛大叔说“荣誉”，荣誉是啥意思呢？她不知道。她心里想：

从牧区到农区，路程太长了，背着阿弟这么辛苦，如果不是为了赢小牛，那为什么要去嘛！

尼玛大叔看出了邦金的心思，想了一下，这么对她说：“小娃，你真想赢回一头小牛是吧？那不如把阿哥牛换给我算了，我给你两头小牛！”

邦金也不知尼玛大叔这话是真是假。但不管真假，让她拿阿哥牛换小牛，那肯定不行。阿哥牛曾经陪着她和阿妈出生入死，它可是家里的顶梁柱呢！

14
斗牛大会

邦金和尼玛大叔一路攀谈，不知不觉就来到斗牛大会的赛场。这时，赛场上已经聚集了很多大牛。其中有三头牛的主人，邦金是认识的。一位就是一道前来的尼玛大叔；一位是彩嘎娘娘的一个亲戚，叫翁堆，他牵来了一头强壮的公牛；一位是隔壁草场的青年达吉，他赶来的则是一头母牛。虽然是母牛，但达吉很骄傲，因为这头母牛已荣幸地被选为“阿妹牛”。自小就在牛堆里长大的邦金当然知道，阿妹牛，就是比赛中能够激起公牛们为其搏斗的母牛。

阿妈在世的时候，邦金跟着阿妈参加过斗牛大会。她知道，斗牛比赛中，决定比赛精彩程度的是公牛们的性格。公牛分三种。第一种是威武好斗的大牛，它们一上场就是两眼充满血丝，蹄子刨掘草地，骨角直捣泥沙，好一副腥风血雨的架势。这样的公牛总是牛气十足，场子上的阿妹牛一般都会青睐它们。第二种是性格诡变的公牛，它们上场时不紧不慢，一副足智多谋、沉着应对的模样，所以一般都是运用智慧夺得冠军。第三种就是憨厚的公牛，它们上场其实也就是作秀罢了，兴致不高，转转打打就被好胜的对手赶下场去。

邦金家的阿哥牛属于第一种，血气方刚，威武好斗。自开赛时起，阿哥牛就一直占据主导地位，利用自身的强大战斗力，它一连把十几头公牛都赶下了场子。最终，赛场上只剩下彩嘎娘娘的亲戚翁堆家的大公牛多灰与其对决。

比赛进入一决胜负的时刻。两头大牛已经在青稞地里摆开架势，各自用前蹄刨着田里的沙土，捣得沙土纷纷扬扬。尘土飞扬中，两个对头同时朝着对方狂奔而去，但听“砰”的一声，四只牛角撞在一起，发出响亮的碰击声。强大的冲击力使两边牛的头部都在惯性中猛力一甩，各自都摇晃着倒退了几步，待躯体稳定后，便又四目怒视。阿哥牛把两只大角插进沙土里，猛烈地捣了几下。做完这样的热身之后，阿哥牛迅速昂起头，扬起大角，朝着公牛多灰奔腾而去，对着它的腹部直捣一角。多灰痛得迅速抽身，掉头对着阿哥牛的屁股奋力撞上来。阿哥牛被撞得浑身一震，但只在倏忽间，它就敏捷地掉转方向，两只大角使出威武之力，雨点一般扎向多灰。多灰被扎得无法回击。阿哥牛越战越勇，最终多灰无法招架，翘着尾巴跑出赛场。阿哥牛朝多灰逃跑的方向跺着蹄子、摇着尾巴——它胜利了！它不但为小主人邦金赢得了一头小牛，还成功地赢得达吉家的母牛的青睐。

比赛在袅袅的桑烟中结束了。邦金满脸庆幸，肩上背着阿弟，一手忙着抓两根绳索。两根绳索中一根拴着阿哥牛，另一根拴的则是刚刚赢得的小牛。小牛因为和邦金很陌生，站在地上犟着头，并不想跟邦金走，弄得邦金既高兴又有点心急——抓小牛吧，阿哥牛要跑；抓阿哥牛吧，小牛又不听话！

正当邦金手足无措时，一双手朝她伸来，帮她抓住拴小牛的绳子。同时，来人笑眯眯地盯着邦金，招呼她：“小娃，我帮你牵小牛吧。”

这是一个陌生的声音。邦金定神一看，是一个外地人，和她过去在县城里看到的游客差不多。

“我叫梅朵。”女子自我介绍，“你叫邦金对吗？”女子问。

邦金点头，心里挺纳闷：奇怪，她怎么知道我的名字呢？

叫梅朵的女子像是看出了邦金的心思，微笑着给她解释：“所有参加大会的人都认得今天的冠军牛——你家公牛赢得第一名，我是先认识了你家公牛，之后才听草原上的尼玛大叔说，公牛的主人叫邦金！”

这样的解释既幽默又叫人放松，邦金瞬间便没了陌生感，大胆地问：“娘娘，您是来旅游的吗？”

梅朵摇头又点头，这么问她：“那我可以去你的牧场旅游吗？”

此刻邦金正好抽不出手来牵小牛，她是非常期待有人帮她的，所以就很认真地给梅朵承诺：“哦呀娘娘，您要是去我的帐篷，我就给您烧一壶酥油茶。”

15

亲爱的孩子，你会越长越漂亮的

原来，斗牛大会上邦金背着阿弟、牵着阿哥牛，这个特殊的形象恰好被正在草原上做帮扶工作的汉族支教老师——梅朵老师看到。梅朵老师上草原，主要工作就是救助草原上失去父母的孩子以及失学儿童。她听说草原下方的农区正在举办斗牛大会，就想通过这样的盛会寻找这样的孩子。果然，她遇到了邦金。

当她从草原上的尼玛大叔口中得知邦金没有父母、只与阿弟相依为命时，她就决心要把姐弟俩接到她在草原上创办的慈善学校里。虽然邦金对上学这件事了解不多，也并不在乎，但当梅朵帮她牵回小牛，坐进她家帐篷，提出让她上学时，出于对梅朵帮忙牵回小牛的感激，邦金并没有直接拒绝，她这样对梅朵说："娘娘，我把上学的事换成酥油行吗——我送您一团酥油吧。"

一句话说得梅朵哭笑不得。她想了很久，也找不出合适的话回复小小的邦金。

邦金则围着锅庄开始生火，她要兑现为梅朵烧一壶酥油茶的承诺。

其实酥油对于邦金来说，价值就跟小牛一样金贵。因为彩嘎娘娘帮她算过账，一百团酥油就可以换回一头小牛呢！

梅朵一进帐篷就看出了邦金的困境。瞧着眼前年纪小小的孩子，她心里五味杂陈，说不出话。她准备给邦金打下手。

帐篷中央，邦金正在忙着为梅朵烧酥油茶。可能是牛粪饼有些潮湿，邦金心又急，她蹲下身，鼓着腮帮往灶口里吹气，但是怎么吹，那牛粪饼都只是冒烟气，不蹿火苗。

梅朵就挨近来，轻轻地对邦金说：“让我来试试。”

邦金有些吃惊，心里想：这个她也会吗？

却见梅朵已经抓起锅庄旁的铁火钳，塞进灶口里，利索地疏松牛粪饼，把它们扒开，堆在两侧，给灶口中央腾出间隙，之后再像邦金那样鼓着腮帮往灶口里吹气。那些原本被压得密集的火星子因为被疏松开了，有了空隙，瞬间蹿出了火苗。

火苗映照着梅朵笑眯眯的脸庞，像是火苗也在笑。这叫邦金心头一暖：多久了，她的锅庄旁都不曾有过这样暖心的景象？唉，应该是在阿妈去世之后吧！

想到这，邦金心中充满感激。

这时，只见梅朵一手拿着铁钳，一手竟然拿起一块牛粪饼，边往灶口里塞，边提醒邦金：“小娃，灶口里火很大，水很快就会烧开，你快快准备大茶呀。”

邦金连忙去拿大茶，又好奇地问：“娘娘，您不怕牛粪吗？”

梅朵像开玩笑似的，这么回答：“我就怕你不上学，其他都不怕。”

邦金尴尬地笑了笑。

梅朵点头说：“哦呀，好吧，这需要时间，我还会再来的。”

六天后，梅朵果然又来邦金家帐篷了。这回她没再提上学的事，只是给邦金和阿弟带来了几件新衣。

“你身上的袍子太大啦，这样放牛也不利索。”梅朵对邦金说。她让邦金脱下宽大的衣袍，试试自己带来的新袍子。哪个小孩不爱穿新衣呢！邦金看到新袍子，眼里放出喜爱的光芒。她的阿弟次旦也得到了一件新的氆氇袍子。虽然次旦的双腿瘫痪了，但是梅朵有办法，她认真地帮次旦穿上新衣。由于次旦的双腿无法站立，梅朵就把次旦抱到帐篷一侧高高的牛粪堆上。她让次旦伸直双手，套进氆氇袍子的袖子，抱着他，为他系上五彩的腰带,用绲着金丝边的漂亮衣摆遮住次旦两条残缺的腿，让他像个健康的孩子一样坐在牛粪堆上。她的细心给了这个孩子从未有过的尊严和骄傲。她紧紧地搂着穿上了新衣的次旦，把脸面贴在他的满头黑发上，声音是那么的柔和：“亲爱的孩子，你会越长越漂亮的！”这让邦金看得悄悄地流下了眼泪。而梅朵好似没有发觉，并没有过来安慰她。这次来草原，梅朵并没有说太多的话，除了帮姐弟俩穿上新衣，邦金就只记得她对阿弟说的那一句——“亲爱的孩子，你会越长越漂亮的！”

16
牵挂

又过了一个忐忑的六天。对于邦金来说，她既盼着梅朵的到来，又担心梅朵到来后会提出让她上学。

让她庆幸又难过的是，再一个六天又过去了，梅朵还是没有来帐篷。这下反倒是邦金有些着急了。因为彩嘎娘娘经常去乡里的小集市，而梅朵的学校正处在乡政府与草原的中间地段，邦金就跑到彩嘎娘娘那里打听。彩嘎娘娘告诉她：“那位汉族的老师，对草原好像有点水土不服，有高原反应，听说已经生病好多天了！”邦金一听就心急了。彩嘎娘娘跟着提醒她：“小娃，你应该去看看那位老师。是她帮你牵回了小牛，又给你和次旦买了新衣。就是你阿妈在世，你也没有穿过这么扎实漂亮的新衣对吧？你要记住人家的好，要感谢人家嘛！”

邦金记下了彩嘎娘娘的话。第二天，她把阿弟和牛群暂时托付给彩嘎娘娘，自己带上一团酥油出发了。她在中午时分来到梅朵的慈善学校，发现这学校并不是她想象的那种样子。她过去到县城时是见过学校的，但人家那都是高耸的楼房，梅朵的这所学校却是一座破旧的碉房。那间被叫作教室的地方，其实就是过去农区人家关牛的“脚屋”。难道要把娃娃们关在牦牛住的地方吗？娃娃们被关在里面，又在做什么呢？邦金完全不理解这些。但梅朵的恩情，她是牢牢记着的。

她绕过碉房的院墙，走进里面。这时，她看到从一楼那个脚屋里跑出来一个男孩，男孩问她：“你是谁，来这儿做什么？”

邦金说：“我要找梅朵娘娘。”

男孩好奇地问：“我从没见过你，你找我们梅朵老师做什么？”

邦金朝男孩亮了下手里的酥油，解释说：“我要送酥油给梅朵娘娘，是新鲜酥油，昨天刚打出来的！”

男孩笑了起来，高兴地说：“那我带你上楼吧，梅朵老师病了，在楼上休息。”

邦金上楼后，看到梅朵躺在床上。只是十几天不见，她瘦了很多，脸色灰白灰白的，两只眼睛凹进了眼眶深处，看起来叫人心疼。

梅朵见是邦金，非常高兴，似乎她的病因为邦金的到来而好了很多，灰白的脸面竟然因激动而泛起了丝丝红晕。她撑着双手准备起身，一旁的男孩见状，慌忙上前搀扶她坐起来。

坐定后，她向邦金招手，说：“来，来，小娃，坐到我的床边来。”

邦金有些不好意思过去，因为她看到梅朵的床铺非常干净，而她穿的还是一身脏兮兮的氆氇袍子。她突然有些后悔，因为来得匆忙，她竟忘了换上梅朵之前送给她的新衣袍！局促中，她只好给梅朵递上酥油，说：“娘娘，我给您送酥油来了，是昨天刚打出来的。”

梅朵望着邦金，一个劲地笑，又招呼她坐到床边，握着她的小手，关切地问：“累不累？你这么远地跑过来！不过太好了，你送来了最好的礼物——我这生病了胃口有些不好，正盼着要吃点新鲜酥油，你就送过来了，看来我俩真是共着一条心呢！”

听了梅朵这话，邦金心里特别高兴。想想吧，别人渴望得到的东西，恰好你可以送给她，多有成就感呀！

返程时，邦金心里暖暖的，她觉得自己很久没有这样高兴过了，不由得一路走一路跳起了锅庄。在快要到达牧场的时候，她遇见了之前一起参加斗牛大会的尼玛大叔。尼玛大叔见邦金蹦蹦跳跳的，就问她：“小娃，你从哪里回来？”

邦金大声回答：“阿叔，我从梅朵娘娘的学校回来。”

尼玛大叔笑了，说：“怪不得看你这么高兴，肯定是要去那里上学了吧！”

邦金一听“上学”，怔了一下，然后朝着尼玛大叔摇了摇头，跑了。

她一边跑一边想：梅朵娘娘那学校，其实就是关牛的碉房，把好多娃娃关在一起，那多难受啊！自己在草原上放牛虽然很辛苦，但是可以随便跑动嘛。是的，她对梅朵娘娘充满好感，但让她进那个碉房学校读书，她怎么也不乐意。

17

带上你的牛群和阿弟

到草原牧场被染上了一层白晶晶的秋霜时，梅朵的病终于好了。她再次来到邦金的牧场。这时，敏感的邦金已经猜出梅朵此次来的目的，便装作没事儿模样，早早抛出一个暗示，想把上学的话题打住：“娘娘，您看，那天上的云朵是我阿妈的眼睛呢！她一直在看着我，看我会不会违背她的话，丢下阿弟和牦牛——我当然不会丢下他们不管的！”

梅朵听得心里就笑开了，想：这小娃人不大，心思多多，聪明得很，如果好好培养，将来也许能有更大的作为——能为草原做更多的事情；但如果让她继续放牛，那也只能是自管自地生活罢了。她就暗下决心，一定要说服小娃，带她去上学。

梅朵微笑着盯住邦金，不接她的话。

邦金沉不住气，主动挑明了话题：“娘娘，我不想去您的学校！”

梅朵还是朝着她微笑，不接话。

邦金急了，指着身旁的阿弟说：“我不会离开阿弟的。”

梅朵这才说话了：“小娃，我没说过让你离开阿弟呀。”

邦金愣了一下。

梅朵继续微笑着，同时跟她解释：“你要带上阿弟一起去学校呢。”

邦金立马又说：“我不会离开我的阿哥牛。”

梅朵胸有成竹地说道：“正好嘛，你到学校也要喝牛奶、吃酥油的，你的牛群全部跟着你走。你在哪里，它们就在哪里。”

邦金不解，问：“那我白天要被关在那个脚屋里，怎么放牛？”

梅朵严肃起来，给她解释：“白天你不是被关在脚屋里，那脚屋叫教室，白天你是在教室里，和许多小娃娃一起学习知识！”

邦金思考了一下，又问：“那我什么时候可以放牛呢？”

梅朵耐心地说：“学校里有一位生活老师，叫东月，你可以喊他东月阿哥。你上课时，可以让东月阿哥帮你看管牛群；你放学了，做完作业后，你的牛群就由你自己管着。这样可行？”

邦金暗暗思量——她的问题都问完了，再也找不到借口了。但她真的不想去上学！所以她只好搬出最后的撒手锏，对梅朵这么说道：“娘娘，我还是不想跟您走，除非您能让我的阿弟站起身来走路！”这话一说出口，连她自己都想笑了。你想嘛，过去她阿妈为着阿弟这双腿，在菩萨面前日夜念经祈祷，都不能让阿弟站起来，谁还能让阿弟站起来呢？

邦金这么一想，就有些得意，迅速瞄一眼梅朵，想看看她的反应。

果然，梅朵接不上话了。她惊讶地瞧着邦金，思考了一下，然后俯下身，仔细查看次旦那萎缩的畸形双腿，细细地上下抚摸，又问了几个对邦金来说有点莫名其妙的问题，比如次旦是怎么得病的，得病已经多长时间了，等等。问完后，梅朵沉思了一会儿，然后站起身来，慎重地对邦金说：“你给我一些时间吧，我会让次旦站起来的。”

邦金惊讶地张大了嘴，她以为自己听错了。

梅朵知道邦金是有顾虑，便拉着她来到草原上的一处经幡下，那下面有一堆玛尼石，上面刻着一些彩色的菩萨像。

梅朵神情庄严，双手合十，面对菩萨像承诺：“菩萨做证，我一定会尽最大努力，让次旦站起身来，独立行走！”说完，她面对邦金，认真地问，“小娃，我已经对菩萨说过了，你可以跟我走了吧？”

邦金见梅朵这是面对菩萨说话，她真是既惊喜又感动，朝梅朵一个劲儿地点头。之后，她抬头望天，对着天空说：“阿妈，不管怎样，只要能让阿弟站起来，我做什么都可以！”

梅朵听到这话，“扑哧”一下笑开了，心想：这小娃，还以为读书是上刀山下火海哇！

第四章

18

邦金梅朵开在草原上

早春时期的草原依然是寒冬的景象，草场似乎还在沉睡，到处灰蒙蒙的。新芽未出，旧年存贮的草料差不多已经吃尽，邦金家的牛群来到梅朵老师的碉房学校，草料不够吃成了邦金最为操心的问题。虽然她已经被梅朵老师安排进碉房学校，成为一名像模像样的学生，但她的心思不在课堂上，目光也不在黑板上。

上课时，她的牛群就被长长的绳索拴在教室外的野杏树下。她的座位在教室的窗户边，这是她自己要求的。梅朵老师自然知道她的小心思，勉强答应了她。上课时，她的目光时常会溜到窗外去。她的牛群已经啃光了野杏树周边的枯草，又被绳索拴住跑不远，所以牛儿们经常会露出不满的神情。尤其是阿哥牛，时不时就会用蹄子刨着地面，弄得尘土飞扬；有时它还会冲着教室的方向“哞哞”地叫唤两声，弄得邦金上课时很不安心。

邦金很后悔进入碉房学校。比起广阔的草原，这个只有巴掌大的地方困住了她的脚步，也让她的思想受到束缚。唯有一种情况除外，便是学校的生活老师东月阿哥变着花样儿给牛群送去草料或者喂点盐巴①的时候。每每这时，她对东月阿哥的感激就会超过对梅朵老师的。但是自早春以来，东月阿哥去拉萨办事，已经很多天没回碉房学校，她的牛群就只能被拴在野杏树下。

梅朵老师的碉房学校其实只有一间教室，是复合班。教室的左侧是一年级，右侧是二年级。

这天，趁着梅朵老师在给二年级学生上课，坐在一年级位置上的邦金，目光就溜到窗外去了。她发现阿哥牛正在用两只粗壮的大角倒腾野杏树，杏树被撞得两边摇晃，邦金的心也跟着摇晃起来。她悄悄瞟了一眼讲台，看到梅朵老师正往黑板上抄写生字，她就把头伸到窗外去，对着阿哥牛轻声招呼：“啊唆唆，你停下嘛，等会就下课了，下课我就给你喂草料嘛！”

她自己都几乎听不到的声音，阿哥牛自然更听不到了。

“停下，停下，喂草料还不够吗，那我给你再补点盐巴嘛！”邦金继续小声招呼。

阿哥牛并没有停下。倒是另外两头牛——大黑和花尾立在树下，愣

①牦牛喜欢咸味，草原人放牛时，经常会给牦牛喂一点盐。

愣地盯着阿哥牛。

“哦呀，你看大黑和花尾，人家就很听话嘛！”邦金急得差点就提高了音量，这惹得她的同桌卓玛捂着嘴想笑。邦金朝卓玛瞪起眼，暗示她不准笑。

卓玛被憋得满脸泛着红晕，最终没忍住，还是“扑哧”一声笑开了。

梅朵老师转过身，点名卓玛，让她站起来，问她笑什么。

卓玛瞧着邦金，不知怎么说好。

邦金主动站了起来，用手捂着腹部汇报：“老师，我肚子痛，要上厕所！”

梅朵老师点头答应：“哦呀，那你快去吧。”

话音未落，邦金已经起身，一溜烟跑出教室。

邦金跑出教室后当然没去厕所，想到梅朵老师通过教室的窗户能看到外面，她就猫着腰身避开窗户，来到拴阿哥牛的野杏树下。阿哥牛看见小主人到来，刚才的烦躁劲儿缓了大半，朝小主人摇晃着头，“哞哞”叫了两声。邦金连忙赶上前，手贴着牛头，顺着皮毛摸一遍，小声招呼：“我知道你是饿了，走，给你换个有草的地方。”

邦金牵着阿哥牛来到学校下方的小河边，挑了个有枯草的地儿，把牛绳放得长长的，拴在一块大石上。这时她想到，还有大黑和花尾它们呢。她就又起身，牵来大黑和花尾，还有三头小牛。之后自己一屁股坐下来，满意地瞧着牛儿们埋头啃草。

邦金的几头牛当中，阿哥牛一直是头牛，吃草时非常强势，所到之处，最茂盛的草地都是由它先占着。现在是早春，还是枯草期，小河边的草料并不多，阿哥牛为了独占地盘，啃几口草就要停一会儿，喷着鼻气、踏着蹄子，驱赶大黑和花尾。

邦金笑着赶上前，一边阻止阿哥牛，一边批评它："去！去！让着点，大黑和花尾也是一家人，你嘛，自觉一点好不好！"她开始在几头牛之间转来转去，一会儿摸摸大黑，一会儿摸摸花尾，一会儿扯扯阿哥牛，压根儿就把上课的事忘了。

转来转去中，她看到有个人也在跟着她转悠。是梅朵老师！她也像个放牛娃一样，夹在邦金和牛群之间转悠。邦金顿时愣住了，张着嘴惊慌地瞧着梅朵老师。

"哦呀邦金，这放牛嘛，你肯定会唱很多放牛的歌吧，能教我唱一首吗？"梅朵老师装作没事儿一样，问邦金。

邦金愣在那里。

梅朵老师就带着提示的语气问："放牛有放牛的歌，上学有上学的歌。对了，一周前的音乐课上，我教过一首上学的歌，你还会唱吗？"

邦金一听，神情才放松了些，小声说："会，老师。"

"那你可能唱给我听听？"梅朵老师提议。

邦金想了一下，就小声唱起来：

太阳当空照，花儿对我笑。

小鸟说，早早早，你为什么背上小书包？

我去上学校，天天不迟到，

爱学习爱劳动，长大要为人民立功劳。

梅朵老师伸出双手，面向邦金响亮地鼓掌，跟着重唱一句：“太阳当空照，花儿对我笑——哦呀，我教会你一首上学的歌，你也唱一首草原的歌给我听听。”

邦金这时已被梅朵老师带入歌唱的佳境中，便脱口而出：“老师，那我就唱一首《邦金梅朵宁吉莫》①。”

“太好了！”梅朵老师充满期待地瞧着邦金。

邦金当即亮开歌喉，清清朗朗地唱起来：

邦金梅朵宁吉莫啦，开在草原上。

邦金梅朵宁吉莫啦，开在雪山下。

邦金梅朵宁吉莫啦，阿妈心中的歌。

邦金梅朵宁吉莫啦，唱给太阳的歌！

一曲终了，邦金意犹未尽，还想继续唱。但见梅朵老师的面色变得凝重起来，跳跃的目光里像是有话，她这才想起来，自己还在逃课中，梅朵老师应该是来问罪的，怎么自己还唱起歌来了！

---

①这是一首藏族儿歌。“梅朵”意为花儿，“邦金梅朵”即是邦金花。“邦金梅朵宁吉莫”意为美丽的邦金花。

这时，梅朵老师已经拉住邦金的手，问她：“邦金，你唱这首歌，可知道歌的意思？”

邦金被问得一时答不上来。会唱的歌，她自然知道意思，但以她目前的语言能力，又无法准确地表达出来。

自然，梅朵老师也看出来了，但见她脸上洋溢着喜爱之情，充满情感地替邦金表达：“邦金梅朵嘛，它是草原上最常见却又最独特的花。它在高海拔的地方，贴着地面开放，不怕风雨，又亲切又顽强。它野性地生长，就像草一样生命力旺盛，像根一样执着顽强。如果说高原上的雪莲花有多纯洁，那它就有多灿烂。它嘛，是送给阿妈的花、送给牛羊的花！”

邦金一听，不由得对梅朵老师热情洋溢的描述心生敬意。

梅朵老师感叹道：“哦呀，我们草原上的邦金梅朵，就是这样一种人见人爱的花嘛！”

邦金连连点头。

梅朵老师则又问她一句：“你说，它还有别的什么人见人爱的地方？”

邦金再次被问住了。

梅朵老师打量着邦金，像是把她也看作了一朵花儿，一边微笑一边说：“它呀，顺应自然，遵循规律——它懂得生命的规律，该开的时候开，该谢的时候谢，又灿烂又从容。你说吧，你叫邦金，就像这草原上的邦金梅朵，那你现在身为一名学生，是不是也应该做到——该上课的时候上课，该放牛的时候放牛呢？”

听了梅朵老师这么一番循循善诱的点拨，邦金有些不好意思，低着头，轻轻答一声：“哦呀，老师，我知道了。”

19
最好的礼物

在动物当中，牦牛是非常温和的。它们把天地当成家，走到哪里都是安安静静的。即便是邦金家那头壮实的阿哥牛，也不会无故捣乱——只要草料给得充足，它就会乖乖地待在小河边。倒是邦金，对于新环境难以适应。她已经进学校两个月了，但看起来仍然像个放牛娃。比她小了好几岁、个头矮了大半截的孩子，看起来都比她有知识，这让她心生自卑。比如她的同桌卓玛和邻桌次多吉，这两个人上课时都特别积极，课堂上老师提出问题，他们总是争先恐后地举手发言。邦金每次只是埋头看着课桌，在作业本上无所事事地画圈圈，显得既敏感又自卑。她变得越发沉默了，不会主动和同学们说话，更不会主动找梅朵老师倾谈。

梅朵老师看在眼里，急在心里。

这天是音乐课，梅朵老师在教学生们唱一首新歌：《一个妈妈的女儿》。她唱的是汉语，班级里大点的学生因为正在上汉语课，倒是可以断断续续地跟着学唱；小一点的孩子听不懂，也就不会唱，一个个朝梅朵老师眨着乌黑的大眼睛。梅朵老师想：要是把汉语的歌词转换成当地藏语唱出来，小孩子肯定学得更快一些吧。想到这里，她就喊起平时成绩较好、表现能力较强的卓玛，问她：“卓玛同学，你可以用藏语唱这首歌吗？”

卓玛面色窘迫，很不好意思地回答：“老师，这个我不会。”

梅朵老师又喊次多吉。

次多吉把头摇得就跟拨浪鼓一样，大声解释：“老师，不仅是卓玛，全班同学肯定都不会嘛！”

梅朵老师便把目光投向全班同学，从前排到后排，从左排到右排。她原本是不会轻易找邦金回答问题的，因为担心敏感的邦金因答不出而伤到自尊。对于这样的孩子，她准备慢慢培养教育，这需要时间。但谁叫邦金的个头那么高呢？她坐在教室里，就像个小大人坐在娃娃堆里一样。正是因为这个，梅朵老师的目光就落在邦金身上了。

“邦金同学，你呢，可以用藏语唱这首歌吗？”梅朵老师语气柔和地问。

邦金站起身来，紧张地瞧瞧四周的同学。

“我记得你在放牛时唱过很多歌嘛。”梅朵老师鼓励她说。

邦金点点头。

梅朵老师就笑着发话：“我听过你唱歌，唱得很好呀，要不你随便唱一首也行。”

邦金则轻轻地回答：“老师，我可以唱《一个妈妈的女儿》。”

这时，全班同学都对邦金投去惊奇的目光，他们也很期待。梅朵老师趁势大声招呼：“同学们鼓掌呀，欢迎邦金同学为我们唱歌！”

全班立马响起热烈的掌声。邦金的脸已窘得通红，但她双目发亮。她清了清嗓门，做了个深呼吸，就面朝窗外，放开歌喉唱起来了：

尼玛当达娃，阿妈几个波姆哦——哦——
阿妹米拉，啊阿妹米拉未瑟瑟——啊——啊——
尼玛当达娃，阿妈几个波姆哦——哦——
阿妹米拉，啊阿妹米拉未瑟瑟——啊——啊——

邦金唱的是当地藏语，歌声清亮，越唱越有劲头。因为不好意思直视同学们，她一开始还是把目光投向窗户外面的，但全班同学都在跟着她齐声学唱，梅朵老师也在学唱，渐渐地，她的目光就和同学们的交融在一起了。在她的领唱下，全班开始大合唱。

一曲终了，同学们都朝邦金投来敬佩的目光，纷纷要求她再教一首。

邦金唱歌的劲头被热情的同学们给激活了，当即爽朗地答应：“哦呀，那我再唱一首牧歌吧，名字叫《请你等一等》。”

说完，她再次亮开歌喉：

远方的雪山啊，请你等一等吧，我要跨上大马，奔向远方的冰川，采一朵冰川上的雪莲呀……

远方的河流啊，请你等一等吧，我要赶上牛群，奔向远方的河流，喝一口河里面的清泉呀……

天上的云朵啊，请你等一等吧，我要乘风而上，奔向远方的天空，染一身天际边的彩霞呀……

唱着唱着，邦金的脑海中就浮现出一个魔幻的场面来：她的阿弟次旦突然站起来了！但见次旦跨上高头大马，挥舞马鞭，朝着雪山奔跑，边跑边唱……现在，幻觉导致了恍惚，恍惚造成了混乱，叫邦金突然改口，把歌词唱乱了。

她在唱：

远方的雪山啊，请你等一等吧，阿弟次旦已经跨上大马，奔向远方的冰川，采一朵冰川上的雪莲呀……

这声音落下后，邦金就看到全班同学都收住口，惊讶地望着她。

她这才意识到自己是跌入刚才的恍惚中了！不行，刚刚同学们还朝她投来敬佩的目光呢，她不能在这一刻让同学们失望！

急中生智，邦金紧接着又唱开了：

远方的河流啊，请你等一等吧，我们亲爱的同学，已经赶上牛群，奔向远方的河流，喝一口河里面的清泉呀……

天上的云朵啊，请你等一等吧，我们亲爱的老师，已经乘风而上，奔向远方的天空，染一身天际边的彩霞呀……

同学们一听，歌词里不仅唱到次旦，也唱到了他们，还唱到了老师，顿时又乐开了，都放开嗓门，随着邦金齐声歌唱。

梅朵老师感慨地目睹这一幕，心下就在思量：邦金这孩子平日的沉默与不合群，主要还是因为年龄大、读书迟，学习跟不上趟，产生了自卑心理。现在看来，只要充分给予她表现的机会，让她发挥特长，她的信心立马就会建立起来，底气也足了，脑壳也灵活起来了。是啊，年龄大一点，接受能力会更强，这正是她的优势所在。所以接下来只要做到两点，就不怕教不好她。一是想办法消除她的自卑感；二是要针对课件、结合实际对她进行课外辅导，就是说，在她的能力接受范围之内，努力帮她补习功课。

这么一想，梅朵老师就开始询问全班同学：“同学们，你们说邦金的歌唱得怎么样？”

同学们齐刷刷地回答：“棒！棒！太棒啦！”

梅朵老师又问：“那还有唱得更棒的吗——同学们，可有谁比邦金唱得更棒呀？”

同学们你望我我望你。

次多吉转身问卓玛：“阿妹，你不是也会唱歌吗？”

卓玛连忙摇头：“我可唱不过邦金！”

梅朵老师重复问道：“可还有其他同学唱得更棒呢？”

同学们都在摇头。

梅朵老师于是发话：“既然大家都觉得自己唱不过邦金，那以后的音乐课，我们就请邦金同学教我们唱歌好不好？”

“好！”全班同学异口同声地回答。

“教我们唱歌，那就是我们的小老师了，邦金——”梅朵老师转头问邦金，“你愿意做教同学们唱歌的小老师吗？”

这突如其来的建议，叫邦金惊讶得一时说不出话。

梅朵老师则趁热打铁道：“要是愿意，邦金，以后的音乐课就由你来辅助我带班！同学们，你们同意吗？”

“同意！”卓玛第一个响亮地回答。

次多吉见卓玛已出口同意，只好跟着回答：“同意嘛。”

其他同学见此情景，便你一句我一句，都表示同意。

梅朵老师再把目光投向邦金，只见她双眼发亮，脸上布满红晕。

20

激烈地扑打，巧妙地躲闪

邦金当起了音乐课的辅助小老师，这让她增加了不少对读书的信心。至少在音乐课上，她非常尽力、认真，把之前在草原上的那股子活泼劲儿都给使出来了，那是上（音乐）课唱，下课唱，走路都要哼着小调。

这天早晨，趁着早读还没开始，邦金依然是一路唱着歌儿，把牛群赶到小河边。

小河边的草坝子上，春天的气息开始慢慢展露。淡绿色的草尖子自泥土中一点点冒出来，远看就像一块不规则的绿绸缎落在坝子上，但近看却又稀稀疏疏的，距离春意盎然还需要一些时日。邦金舍不得把牛圈在草坝子上，那些草尖子正在抽苗，得等它们长得壮实一点才好放牧。

她把牛群赶过了小河，来到小河对岸的崖岩下。三头大牛——阿哥牛、大黑和花尾被邦金用长长的绳索拴在崖岩下方的草场上。三头小牛不用拴，也不用担心它们会跑远，因为它们的阿爸阿妈都被拴着呢。邦金做完这一切，满意地准备返身。这时，她看到天空中飞着一只岩鹰。太阳还未升起，草原的东边，朝霞铺满了天空。岩鹰是从崖岩这边的鹰巢飞出的，正朝着崖岩后方那金红色的朝霞疾飞而去。

“神鹰！神鹰！”邦金一面在心中默默呼唤，一面恭敬地仰望天空，直到岩鹰的身影变成一个黑点，消失在云霞当中，她才转过身。这时，她把目光习惯性地投向前方的崖岩——岩鹰的巢穴正在崖岩上。目光停留在鹰巢上，邦金就在想：那巢中可有小鹰呢？要是有，那只岩鹰肯定是给小鹰捕食去了。

想着，望着，她就看到有个灰黄色的小动物自鹰巢迅速溜下来，因为崖岩上没有遮挡物，那动物就像织布的梭子一样，一会儿出现在左边岩石上，一会儿隐没在右边岩石下，正以波浪形的路线往崖岩下方奔跑。是狐狸！邦金不由得吃了一惊。小时候她就听阿妈说过，狐狸能上天入地（会爬山潜水），这回总算亲眼看到了！突然，她的心像是被狐狸咬了一口，因为就在狐狸从左边岩石冒出的瞬间，她看到狐狸的嘴里叼着一个圆溜溜的东西，那是鹰蛋！她知道，岩鹰和狐狸原本就是一对冤家，它们总是想尽办法夺取对方的食物。但她还不知狐狸会偷窃鹰蛋，那可是一只未出生的小鹰哪！

邦金慌忙赶上前，仔细观察狐狸奔跑的路线：那崖岩足有几十丈高，鹰巢是处在崖岩的中间。从崖顶到鹰巢之间是完全垂直又很光滑的岩壁，狐狸不可能从崖顶下到鹰巢。而从鹰巢到达地面则是倾斜着的乱石堆，狐狸正是攀附着那些乱石才爬上鹰巢的。它现在正顺着爬上去的路线下撤，如果自己堵在崖岩的底部，就有可能拦下狐狸，夺回鹰蛋。

邦金这样一想，就迅速跑到崖岩底端，飞快地攀上乱石堆，一边朝着狐狸奔跑的方向“嚯、嚯、嚯”地大声驱赶，一边挑着地儿往上攀爬。那只狐狸也发现了邦金，叼着蛋钻进乱石的缝隙里，躲了起来。邦金看不到狐狸，只好卧着身子藏到一块大石头后面，悄悄探出头，盯着狐狸消失的地方。那乱石堆其实在暗处都是相通的，狐狸从石缝的一侧消失，又会从另一侧钻出。邦金一看狐狸又跳上一块岩石，就一边追赶，一边“嚯、嚯、嚯”地呼喊。她都忘了，狐狸身体那么小，又那么灵活，石缝间处处是路，她怎么拦得到狐狸呢！不过，她越发强烈的喊声可能吓到狐狸了，狐狸叼着鹰蛋在岩石上愣了一愣，又看到邦金抓起一块石子正要投掷，它只好放下鹰蛋，钻进石缝里消失了。

邦金心下一乐：还好，这只狐狸也是个聪明的小动物，被我一吓，把鹰蛋丢下来了。

现在她要做的就是捡回鹰蛋，把它送回鹰巢。但是她抬头仰望上方，不说攀到鹰巢那里，就是捡回不远处的鹰蛋也十分困难。那鹰蛋被狐狸丢在一块石头上，从她这边到石头那边，中间隔着一道深暗的裂缝，裂缝底端石连着石，且石头又陡又滑，根本爬不过去。

邦金只好跳上一块大石头，站在上面观察路线。她发现，自己需要先回到崖岩底部，绕过石头间的裂缝，从裂缝对面攀上去，捡到鹰蛋再返回这里，之后再向着鹰巢的方向爬到乱石堆的最高处，才能送回鹰蛋。要完成这个过程可不是一时半会的事。邦金心急如焚，她必须赶在岩鹰回巢之前把蛋送回巢中。

她只好返身，弓着身子，像只岩羊在石头间跳跃。逢上平缓的石块，踏步穿越；逢上陡滑的石块，勾身攀附。她在石堆间寻找每一个可以搭手的缝隙，手脚并用——手指抠在石块的缝隙间，脚掌插入石块的豁口里，经过好一番费心费力的攀爬，终于捡回了鹰蛋。

抹一把汗，她迅速返回原地，再摸索着向鹰巢挺进。

但就在她快要接近鹰巢的时候，那只岩鹰飞回来了！

岩鹰哪里知道邦金的心意呢！它没有看到狐狸，只看到邦金满头大汗地朝着巢穴攀爬。岩鹰被激怒了，展开翅膀朝邦金飞扑而下。邦金只顾低头攀爬，还没来得及做出反应，就被岩鹰有力的翅膀扑倒，跌入石缝中。她本能地钻进石缝深处躲避。正是深暗的石缝保护了她，不然此刻她肯定会被愤怒的岩鹰抓得头破血流了。

邦金被夹在石缝间不能动弹，她用手护着鹰蛋，眼泪簌簌掉下来。

真是太委屈了，她在帮助岩鹰，岩鹰为什么还要扑打她呢？另外，她也疑惑：小时候听阿妈说，岩鹰一般都是一对儿生活在一起的。巢中有蛋了，雄鹰和雌鹰是会轮流守着巢穴孵蛋的。但这个鹰巢里似乎只有一只鹰在守着。那另外一只呢？难道出了意外，回不来了，孤单的岩鹰迫不得已，只能暂时丢下蛋独自觅食？阿妈还说过，岩鹰孵蛋时几乎不会离开巢穴，因为蛋的孵化需要暖和的温度。如果长久被冷落，蛋里的小鹰就出不了壳。

想到这里，邦金赶紧小心翼翼地把鹰蛋塞进胸口，贴着内衣放下去，立马就感觉暖和的胸口间落入了一块凉冰冰的石头。唉，要是有两只岩鹰轮流护巢，狐狸就无法乘虚而入，她也就不会被划伤了。是的，她的手臂在刚才的跌落中被划伤，破了皮，火辣辣地疼。她倚着石块气喘吁吁。委屈、疲惫，致使她的心“咚咚”跳得飞快。

“这么被岩鹰扑打，我还要不要继续送回它的蛋宝宝呢？”她一边问自己，一边伸手在胸口间抚摸，感觉鹰蛋正在渐渐融入自己的体温，变得不那么冰凉了。刚才她也是第一次近距离地看鹰蛋：它是一枚椭圆形的蛋，月白色的蛋壳间混合着土灰的色调，好亲切、好可爱呀，如果被孵化出来，它肯定是一只可爱的鹰宝宝！

想着想着，邦金又满心欢喜了，就感觉鹰蛋已经变成一只可爱的小鹰，在她的胸口间扑动。她深深地吸了口气，小心地呵护着鹰蛋，使出浑身暗劲从石缝间钻出来，伸头瞧瞧头顶上方，发现岩鹰已经飞回巢中，正站在巢中朝着她这边鸣叫，声音听起来非常愤怒。她知道，只要她一露身，岩鹰肯定还要飞过来扑打她，它那锋利的爪子和尖锐的长喙可不是好惹的！但她不能放弃，因为岩鹰也不是故意的，而她的手里正握着一个小生命！她想出了计策：分段攀爬——鹰一过来她就躲避，鹰飞走她再攀爬，直到送回鹰蛋。好在乱石堆也有它的规律，哪里都有缝隙，都可以让她躲避。

接下来的情景就变成这样：邦金仿佛变成了一只狡猾的狐狸——她正是借用刚才狐狸躲闪她的计策，在石缝间走波浪状路线，一段一段地朝着鹰巢挺进。

就这样，岩鹰激烈地扑打着，邦金巧妙地躲闪着，最终，鹰蛋被送回了鹰巢。

21
另辟蹊径

邦金大汗淋漓地赶回学校时，已经是上午第二节课了。梅朵老师正在上课，她让邦金先回自己的位子坐下来。下课后，邦金忐忑地坐在位子上，等待梅朵老师喊她问话，却见梅朵老师夹着课本直接离开教室，上楼去了。其他同学纷纷跑出教室，邦金也跟着往外跑，脸上荡着庆幸的神色，以为梅朵老师不会再问罪于她。倒是她的同桌卓玛有些好奇，凑近她，贴着她的耳朵问：“阿姐，早上你去哪里了？”

邦金神秘地说：“我做大事去了。”

卓玛好奇地问：“什么大事呀？”

邦金的语气便有些得意：“救了一个性命，是不是大事？”

卓玛急了，催她："说嘛，到底什么大事？"

邦金就把早上的经历前前后后说了一遍。卓玛听得瞪大了眼，有点不敢相信。邦金为证明自己，撸起衣袖，给卓玛看她那被划伤的手臂："你看，这就是刚才被划破的！"

邦金正说着，却听梅朵老师在楼上喊她："邦金，你到楼上来一趟。"

邦金心一紧，想梅朵老师这还是要问罪于她嘛，就慌忙提醒卓玛："我说的事你要保密，不准跟别人说啊。"完了匆匆往楼上跑。

到了楼上，邦金就见梅朵老师站在过道里，瞧着她不说话。

邦金当即明白了，梅朵老师这是想让她主动说出逃课的原因——刚才下课时没喊她，那是希望她能主动上楼解释呢！她想起来，上次梅朵老师说过，该上课的时候上课，该放牛的时候放牛。当时她也答应过的，所以这下就不能让梅朵老师知道自己又在犯错。是的，她得找个能撇开错误的理由。眼珠子一转，她朝梅朵老师伸出了手。

"老师，早上放牛回来，我掉进河里，耽误了时间。您看，河里的石头把我的手臂划破了。"

"哦，那应该摔得很痛吧？"梅朵老师顺着邦金的话问。虽然她还不知邦金为什么逃课，但她知道邦金肯定是在说谎，因为掉进河里身上的衣服总会被弄湿吧，并且也用不了那么长时间才回学校。这孩子太单纯，撒谎都无法圆场。那她为什么撒谎呢？另外，她不是已经答应过吗，该上课的时候上课，不逃课，这才过去几天，就又犯上了。看来，用说道理的方式还是难以约束她。梅朵老师想到这里，就不想追问邦金为什么事而逃课了，因为她逃课去做什么事并不重要，重要的是怎样制止她逃课。

梅朵老师便装作没事儿人一样，转身走进屋里，拿出一瓶红花油，对邦金说："来，把这个抹上去，痛就会好一些。"说完倒出一点抹到邦金的手臂上。那红花油与破了皮的伤口相接触，产生刺激，痛得邦金"啊哟啊哟"直叫唤。梅朵老师一边瞧得有些心疼，一边则在暗中思量：要是说道理对她行不通的话，那只有另辟蹊径了。

22
对不起岩鹰就是对不起我

傍晚，其他同学都在操场上玩耍，次多吉却带着一个男孩悄悄往小河边跑去。邦金看他们刚开始还是在河边戏水，但等转过面，就发现他们过河去了，正在朝着河那边的崖岩跑。邦金这一看就多出个心眼，去找卓玛，问她："天都快黑了，次多吉跑到河那边去做什么？"

卓玛摇头回答："不知道嘛。"

邦金想了想，又问："白天我对你说的事，你没对次多吉说吧？"

卓玛先是摇头，说"没有"，但说完后，脸却红起来了。

邦金立马追问："卓玛，你到底说没说？"

卓玛躲开邦金的目光，小声说："没、没有。"

邦金更不信了，抓住卓玛的手，大声警告她："要是神鹰那里出了什么事，我可饶不了你！”

邦金的手抓得很紧，卓玛被弄疼了，又听邦金说饶不了自己，卓玛只好解释：“阿姐，真不是我说的，是次多吉也听到你的话了。”

邦金朝卓玛嚷起来：“我声音那么小，他怎么会听到！”

卓玛委屈地说：“阿姐，真是他听到了，你说的声音是小，他只听到了一半，然后他向我证实……那、那不能算是我说的吧？”

邦金一听，就一把推开卓玛，转身追了过去。

男孩子天生手脚利索，是攀爬高手，等邦金赶到崖岩时，次多吉已经爬到了鹰巢那，手里抓了两只鹰蛋，正准备下撤。邦金气不打一处来，一边往上攀爬，一边冲着次多吉大声喊话：“次多吉，你想干什么！快把鹰蛋送回去！”

次多吉不服，反问她：“这是你家山岩吗？我为什么要听你的？”

邦金朝他挥着拳头：“你到底送不送？”

次多吉强硬地回答：“不送！你想怎么样？”

邦金把拳头挥得更高了：“不送你就别想下来！”

次多吉并不怕，反问她：“你想打人吗？梅朵老师早就说过了，只准动口，不准动手！”

邦金见次多吉搬出梅朵老师，又想到她中午对梅朵老师撒了谎，只好缓和了语气说：“那好吧，我也不想打你，你把鹰蛋送回去，今天的事就算了！”

次多吉手里已经抓上了鹰蛋，自然舍不得，不想还回去；但一看下方，邦金正堵在回返的路上，他就站在那里犹豫。这时，远方的天际出现了一个黑点。邦金一看不好，是出去觅食的岩鹰飞回来了！要是次多吉还不还回鹰蛋，不说她的拳头不会饶他，那只岩鹰也不会放过他的！邦金急得朝次多吉大喊：“快把蛋放回去，不然手里有蛋，你跑到哪里鹰都不会放过你！我不管你了，我要先下去了！”邦金说着，做出要回返的样子。次多吉看邦金刚才还在坚持拦他的路，这会儿却要回返，又看到远方的黑点已经变成一只大鹰，脑海里一闪，想到童年时期岩鹰偷袭他家小羊的场面，吓得他只好折身放回鹰蛋，连滚带爬地跑了下来。

下来了，人还没站稳，他就被邦金猛然一把推倒在地。

“谁叫你去偷鹰蛋的！”邦金用手摁住次多吉，质问他。

次多吉一边挣扎一边不服气地说：“那岩鹰又不是你家的！”

“但是你对不起岩鹰，我就要管！”

“你管就是打人吗？再不放开，我就告诉梅朵老师去！”次多吉毫不示弱。

邦金一听次多吉要告诉梅朵老师，再次想到自己上午对老师撒了谎，迫不得已，只好放过他：“那你保证以后不再偷鹰蛋——你对不起岩鹰就是对不起我，下次再对不起我，我真饶不了你！”说完放开次多吉。

23
金点子和小报告

次多吉爬起身后，一溜烟跑回学校。这时不用他汇报什么，由于担心邦金和次多吉碰面后会打架，卓玛急得已经把邦金如何送回鹰蛋和次多吉要去偷鹰蛋的事，老老实实地汇报给梅朵老师了。梅朵老师听完后很吃惊，她觉得自己之前是有些冤枉邦金了。

见次多吉气喘吁吁地跑回学校，梅朵老师喊住他，责备道："次多吉，你为什么要去偷鹰蛋呢？我们应该保护小动物！"

次多吉理直气壮地说："它们叼过我家的小羊，还害得我被阿妈骂了一顿！"

梅朵老师表示理解，问："你家现在还有多少只羊？"

"十五只。"

"你知道十五只羊一年要吃多少草料吗？"

次多吉把双手大幅度地张开来："它们要吃整个牧场上的草料嘛。"

梅朵老师点头说："哦呀，这就对了，因为有旺盛的牧草，你家的羊才能活下来。但如果牧场上的草全被地鼠吃光了，你家的羊就得挨饿对吧？"

次多吉听得有些迷糊，不知老师怎么又提起地鼠来了。

梅朵老师告诉他："地鼠是破坏牧场的罪魁祸首，一只岩鹰一年能吃掉上千只地鼠。你家草场上牧草旺盛，正是岩鹰的功劳——你家的十五只羊，都要感谢岩鹰才对呀！”

“可是……”次多吉语出一半停住了，一脸委屈。他说不出话，因为毕竟最终没有带回鹰蛋，他就不知道怎么跟梅朵老师表明他的想法了。

这时，陪着次多吉一同去抓鹰蛋的男孩终于忍不住，向梅朵老师汇报：“老师，我们去拿蛋，是准备送给您的。次多吉还和我约好了，明天我们要早早起床烧锅庄，先把蛋煮熟，等您下楼就可以吃了。”

梅朵老师一听，既诧异又感动，但此刻，她也不好流露情绪，就依然虎着脸，没好气地反问：“我什么时候说要吃蛋了？”

男孩满脸委屈，低声解释：“上次卫生院的医生不是跟您说过吗，让您多吃蔬菜、水果、鸡蛋。次多吉说，鹰蛋肯定比鸡蛋更有营养……”

梅朵老师听至此处，感觉鼻孔里一阵发酸，眼睛也有些湿润。她转过脸，避开孩子们的目光，竭力地控制情绪。过了一会儿，她才对孩子们说：“好吧，我理解你们了，也特别感谢你们！但这不能代表你们做的就是对的。”

次多吉跟着接话：“邦金又不是岩鹰的什么人，她打我，也不对！”

“哦呀，她打人肯定不对。”梅朵老师充满感慨地点头，心想：关爱小动物原本是好事，邦金却为此撒谎——她这就是撒谎成习惯了！如果不及时帮她改正，肯定会影响她未来的成长。梅朵老师这样想着，语气就变得更加沉重：“嗯，她打人，我也是跟她谈过很多次了，让她改正；还有她动不动就逃课，也是让人伤透了脑筋！”

次多吉听了，脸上露出神秘的笑意，像是有话，欲说不说。

梅朵老师就问："你还想说什么？"

次多吉只是憋着，久久不说话。

梅朵老师心里明白，喜欢打小报告的次多吉肯定又在想什么小心思了，那就应该先打消他的这个念头，于是大声对他说："次多吉，要是打小报告，你就不用说了啊。"

次多吉却信心满满地说："老师，我有个办法可以管住邦金，让她不会逃学，这您也不想听吗？"说完，他踮着脚，挨着梅朵老师的耳朵悄声说出来，听得梅朵老师会心一笑。

次多吉得意起来，连忙问："老师，我这个可是金点子？"

梅朵老师的面色瞬间又暗下来，她虎着脸提醒次多吉："小娃！这个就算是你贡献给学校的金点子。但只有为学校、为大家做好事，才叫金点子。如果是玩小心思、出馊主意，那就是打小报告！你脑壳多多聪明（特别聪明），但一定要用在好的地方，出坏主意就不可取。否则老师不但不会支持你，还会批评你。可听明白了？"

次多吉用手挠挠头，回答："哦呀，明白了。"

24

尴尬的节日

"六一"这天，学校的东月阿哥从拉萨赶回学校了。他给孩子们买回香甜的零食、可口的饮料、新鲜的水果和难得一见的新鲜牛肉。梅朵老师开始为孩子们操办一场大家期待已久的节日舞会。孩子们按性别被分为两组，女生组负责洗菜做饭，男生组负责布置舞场。学校的院子中央支好了一口大铁锅，架起了柴火。新鲜牛肉已经入锅，冒出叫人口馋的香气。男生们把教室里的桌椅全部搬出来，围绕着大铁锅放好。零食、饮料、水果被摆上了桌子。一场有吃有喝、有歌有舞的节日舞会即将开始。这时，梅朵像是突然想起了什么，挨近正在烧火的邦金问："小娃，你要不要把家里的牛都请过来，让它们也来参加我们的舞会呢？"

邦金这一听可就乐了，感激地点头答话："哦呀，谢谢老师，我也正在想着它们呢！"

邦金丢下柴火一溜烟跑出去，很快就把牛都赶进了院子，拴在一处角落里。除了鬼精灵的次多吉此时一脸窃笑，其他孩子都惊讶不已，不知道梅朵老师为什么要让邦金把牛赶进院子，因为等一会儿就要唱歌跳舞，音乐一响，大家热闹起来，会不会惊动牛呢？

梅朵老师则一副胸有成竹的样子，招呼孩子们："你们不用担心嘛，邦金会管好她的牛！"说完，问邦金，"你会管好你的牛，尤其是阿哥牛，对吧？"

邦金连连点头："哦呀，老师放心，它们都已经被我紧紧地拴住了，跑不脱。我就坐在阿哥牛这边，保证管好它的蹄子！"

夜幕降临，庆祝"六一"的锅庄舞会开始了。院子中央的锅庄上，生牛肉已经变成了香喷喷的牛肉坨坨。瞧着锅庄里的柴火不够亮堂，梅朵老师吩咐男生挨着锅庄又烧起一堆明晃晃的篝火。燃起篝火，气氛顿时热烈起来。震撼的音乐响起来了，嘹亮的歌曲唱起来了，热情的锅庄舞蹈也跳起来了。孩子们都离开了座位，手牵手围着篝火，边跳边唱。包括梅朵老师，她也随着音乐的节奏在尽情摇摆。但有个孩子——邦金，被梅朵老师安排站在院子的角落里管着她的牛群，无法唱歌跳舞。

邦金一看就心急了，朝梅朵老师急切地喊起来："老师，我也要跳舞，我还会唱许多同学们都不会唱的草原牧歌呢！"

梅朵老师边跳边朝她走去，笑着对她说："邦金，你想唱歌跳舞，可是你的牛怎么办？"

邦金急切地说："我都已经把牛拴在墙根下了嘛！"

梅朵老师摇头："拴了也不安全，音乐声这么大，你家阿哥牛又是劲头十足的冠军牛，万一它忍不住挣脱绳索，也要唱歌跳舞，那就有可能伤到人呀！"

邦金努力地请求："那我把它们全部牵走吧，牵走我再回来！"

梅朵老师还是摇头："你都跟牛说好了请它们参加舞会，再牵走就是对它们失信了嘛！"

邦金哭丧着脸问："那怎么办？"

梅朵老师心中窃喜，丢下一句："我都对你说过了，该做什么的时候就做什么，违反规律的事肯定不好嘛。"

邦金这才想起来，上次她借口上厕所溜出课堂去放牛，梅朵老师就说过："要顺应自然、遵循规律……该上课的时候上课，该放牛的时候放牛。"原来这是梅朵老师早已安排好的，故意要用这样的方式教育她嘛！想想就有些憋屈，她便佯装不在意了，眼睛盯着阿哥牛，不再同梅朵老师说话。

梅朵老师朝她笑笑，继续跳舞去了。

院子里，音乐声震耳欲聋，孩子们在热烈的乐曲带动下完全释放了天性，一边唱歌一边跳舞，大家越发奔放起来。梅朵老师扭着腰在邦金面前摆来摆去，一边窥视邦金，见她刚才还佯装不在意，慢慢地却有些把持不住，两腿开始轻轻地点动。梅朵老师就提醒她："邦金，你现在的任务就是管好牛群，安全第一，可不能大意呀！"邦金立马仰头望天，装作无所谓的样子。梅朵老师心下窃笑：我看你还能坚持多久！继而她开始边跳边唱。她那高亢的嗓音把草原牧歌唱得太有劲头了，孩子们忍不住跟着齐声欢呼。

梅朵老师趁机再看一眼邦金，发现她的脸已憋得通红，嘴唇虽然想竭力控制张合，但那鼓噪在喉咙里的歌声已由不得她来控制，看起来马上就要喷发出来！

这时，梅朵老师适时地凑近邦金，轻轻问一句："小娃，你想唱歌跳舞吗？"

邦金先是竭力地抑制情绪，但实在抑制不住嘛，最终只好说："老师，我知道错了。现在是唱歌跳舞时间，不是放牛时间！"

第五章

25

沉默地对视，无声地离开

那个尴尬的节日过后，邦金果然改掉了逃课的毛病。但她的问题还有很多，比如上课不专心听讲、不爱惜书本、放学后喜欢斗嘴打架等。

这年的入冬时节，有好几天，梅朵老师发现班级里总有几个孩子，听课时注意力分散，一放学就跑得无影无踪，包括邦金、卓玛，还有次多吉。不知道孩子们究竟在做些什么。

这天放学，梅朵老师忍不住悄悄跟上他们，来到校园外的一个隐蔽处，一看，孩子们正在围着草丛忙碌。他们捡来废纸箱、碎纸片和干枯的草料，正在为五只小狗搭窝。五只小狗看起来都是刚出生不久，不知什么原因被它们的妈妈抛弃了。胖乎乎的狗宝宝确实惹人喜爱：三只是纯灰色的，分别被孩子们取名为大灰、次灰、小灰；一只纯黑色的，叫黑宝；一只黑色带白点的，叫白花。小家伙们在草丛间打滚，小灰正在往卓玛身上爬，爬一半又滚下来，卓玛小心翼翼地接住它，生怕它摔疼了。邦金的阿弟次旦坐在地上，怀里搂着白花，小手温柔地抚摸白花的皮毛，一副爱不释手的样子。邦金则在和次多吉斗嘴。

“次多吉，我们收留狗宝宝的事，你不准告诉梅朵老师！”邦金小声提醒次多吉。她心里知道，次多吉一直想找机会报告给梅朵老师，所以她每天提醒他一次。

次多吉心里很不高兴。确实，第一天发现邦金领着卓玛及其他几个孩子收留小狗时，他就萌生了打小报告的念头，但碍于邦金每天凶巴巴的提醒，他就一直处在犹豫中。

邦金见次多吉不回话，加重语气提醒他：“你要是敢打小报告，我的拳头可不饶你！”

一旁的卓玛怕二人吵起来，这样反倒会被梅朵老师知晓，连忙安慰邦金：“不怕，我们又不是在做坏事，让他报告去嘛。”

邦金紧张地说道：“不行不行，不能让他报告。梅朵老师之前被狗咬伤过，她害怕狗，这些又都是流浪狗的宝宝，我们要收留，她肯定不会支持！”

卓玛听邦金这么一说，也跟着紧张了：“哦呀，听说一次被狗咬，十年都怕狗，我也担心梅朵老师会反对！”说完，她瞧一眼次多吉，又改口问他，“你嘛，天天跟着我们跑过来，又不帮忙做事，是不是真的想打小报告？！”

次多吉见卓玛也这么说他，心里觉得憋屈，回她一句："你又不是狗宝宝的什么人，凭什么这样说我？哦，你给狗宝宝盖房子，你就是狗宝宝的阿妈了！"

卓玛则满脸认真地点头："哦呀，我愿意做它们的阿妈！"

次多吉这一听又觉得好笑，戏言："那阿爸呢，它们有没有阿爸？"

邦金朝次多吉瞪了一眼："当然有阿爸，它们又不是从天上掉下来的！"

次多吉刨根问底："那它们的阿爸在哪呢？"

邦金一时又答不上了，但为了显示不是自己答不上来，就想早点结束这场对话，可按照次多吉的性格，让他不说话也不可能，得想点法子震慑他一下。于是，邦金朝他伸出拳头，做出要打他的姿势："就你话多，不准再问！"

这时，梅朵老师的声音适时地响起来了："邦金，上次不是跟你说好了吗？凡事说归说，不能动手！"

所有孩子一见梅朵老师，都惊慌地站起身来。

邦金慌忙解释："老师，我们是看狗宝宝实在太可怜了……"

梅朵老师先是佯装生气，朝邦金虎着脸，见邦金神色紧张，才缓和下来，点头说："你们说的我都听到了，为什么要解释呢，你们又没做错什么。"

邦金听到这话，才放松了心情；一旁的卓玛已感激地蹲下身，忙着搭窝了。她把枯草料铺在纸箱的底层，再在草料上铺开碎纸片。邦金一瞧，急得嚷起来："铺错了铺错了，纸片子太硬，应该铺在最底层，草料铺在上面才软和！"说完俯身抽取纸片子。次多吉眼尖，看出纸片子当中还夹着一个薄本子，是算术本，那蓝色的封面上写的是邦金的名字。他立马想起昨天课堂上的一幕了。

昨天课堂上，梅朵老师在收家庭作业，其他同学都交上去了，轮到邦金时，她却说作业本丢了。梅朵老师让她去宿舍找。她一会儿就返回来了，说找不到。梅朵老师很不理解，问她："那还飞到天上去了？"没想到她真的把头伸出窗外，望着天空，气得梅朵老师不知说什么好。

次多吉想到这里就窃笑了，他知道梅朵老师最爱惜学生的作业本，就开始思量：反正梅朵老师也来了，没见她反对收留流浪狗的事。如果这作业本被梅朵老师看到，她肯定要批评邦金。这样想着，他立马指着碎纸片向梅朵老师报告："老师您看，那可不是纸片子，那是邦金的作业本嘛！"

梅朵老师脸上先还是荡着笑意的，但等凑上前一细看，可不是，那正是邦金的作业本！怪不得昨天让她交作业，她说丢了，让找，还说找不到，原来是拿到这里来搭狗窝了。除了不爱惜学习用品，她还撒谎！

梅朵老师把脸沉了下来，问邦金："你不是说作业本丢了吗？"

邦金此时可没有心情回答梅朵老师的话，她狠狠地瞪着次多吉，心想：不是他提醒，梅朵老师怎么会看到？！

"邦金！"梅朵老师提高嗓门又喊了一声，"你不想说实话，还不准别人说吗？"

邦金不回话，仍狠狠地盯着次多吉，大有一种即使不能动手打他，也要用目光的鞭子抽他一回的架势。

梅朵老师弯下腰，伸手从碎纸片中拿起已被揉得皱巴巴的作业本，手指颤抖，心疼不已。想这邦金，撒了谎，还意识不到错误，紧盯报告的人不放，如此屡教不改，太令她难过了。是啊，为了维持这个碉房学校的运转，她一直是在吃力地撑着，她城市里的房子也因此被卖掉了，所得的每一分钱都像是她的命一样，哪里见得自己的学生竟这么不珍惜自己的汗水和付出！想想，都不知要如何出口责备邦金了，她只是沉默地站了一会儿，同孩子们对视片刻，就无声地往学校走去。

孩子们从没想过梅朵老师会以这样的方式离开。很多时候，沉默的离开比激烈的批评更让人提心吊胆。孩子们面面相觑。紧接着，邦金已顾不得地上的狗宝宝，慌忙抱起阿弟次旦，跟在了梅朵老师的身后。

其他孩子见此，也都默默地回学校了。

26

那是绝望的兄弟

第二天是周末，没有课，昨夜又下了一地霜雪，天气有点冷，梅朵老师就卧在床上多睡了一会儿。大约七点钟，她的房门被孩子们粗鲁地敲开。是邦金，带着卓玛，两个人都是双眼红肿，气喘吁吁。“老师！昨天的狗宝宝，您自己去看看吧！”邦金说完就拉着卓玛转身跑了。

梅朵老师心一紧。虽然她被狗咬伤过，并且因此对狗产生了恐惧，但仅此而已。孩子们救助狗宝宝，那是在挽救生命，她哪有不同意的？只是她已经看惯了草原上流浪狗的命运，它们生来就没有家，过的就是风餐露宿的流浪生活。遇到了，可以喂个食；遇不到也无法悉心去照顾，这是常态。就好比在风雨之夜，你担心树林里的飞鸟会不会淋到雨水一样，那是无能为力的担心。昨夜，她就是抱着这样的想法睡着的。

现在听邦金这么一说，她知道肯定不是好事，连忙起床跑到校园外。她走近五个狗宝宝，一看就傻了。它们经过昨夜突降的霜雪一冻，几乎都不行了！那一幕让人看得崩溃：三个狗宝宝——次灰、黑宝、白花，四腿僵直，嘴啃着泥地，看姿势是完全死了。而小灰正处在抽搐中，浑身倾斜着侧卧在地，微张着嘴，缓慢地喘气，短短胖胖的小腿无力地抽动一下，再抽动一下……它一定很痛！但它在与死亡抗争！大灰趴在小灰身旁，沉默地凝视它，久久也不动弹。当小灰的气息慢慢变得微弱、抽动慢慢停止时，趴在一旁的大灰猛然扑上前，死死咬住小灰的尾巴，又是拖扯又是摇晃；之后，放下，凝视；片刻后，它又用头奋力拱着小灰的身子，拱一下，停下来，凝视；再拱一下，再停下，再凝视。反反复复中，见小灰依然不动，大灰终是抑制不住绝望，疯狂地朝小灰伸出爪子，又是撕又是咬又是抓，同时发出“哑哑”的嘶叫——那就不是动物，那是一位绝望的兄弟啊！最终，大灰筋疲力尽，停止了努力，慢慢垂下头，身子挨近小灰，伏在它的身体上。它们相依在草丛中，一动也不动了。

这时邦金已经贴着地面卧下身子，用手轻轻地拨弄大灰，希望大灰能因此发出一点动静。她小心地拨弄了几下，不见动静；不死心，再拨弄几下，仍不见动静。邦金这前前后后的努力，多像刚才的大灰！但是大灰身子软软的，像一团棉布任凭邦金拨弄。

最终，邦金停止了努力。突然，她“哇”的一声大哭起来。这个声音让所有孩子都哭起来了。卓玛赶上前拉起邦金。邦金站起来扭身跑了。她跑回学校，推开男生宿舍的门。这时次多吉刚刚起床，脸上还裹着睡意，却被邦金一把拽出了宿舍。

“那些狗宝宝全死了！”邦金朝次多吉嚷起来。

次多吉先是愣了一愣，接着满不在乎地说：“它们死了，跟我有什么关系！”

邦金见次多吉这般漠视生命，更加伤心、来气，痛斥的话一句连着一句：“不是你向梅朵老师报告作业本的事，她也不会那么伤心。她不伤心，我们也不会害怕，丢下狗宝宝赶回学校。我们要是昨晚把狗窝搭起来，狗宝宝就不会冻死！”

次多吉不服气，反问她：“流浪狗一落地就住在外面，你看有几只是在人工搭起的狗窝里长大的？”

邦金被次多吉这一问，一时又回不出反驳的话了，就直接骂道：“上次你偷拿鹰蛋，这次你又害死狗宝宝，你就是一个黑心娃！”

次多吉想也没想，冒出一句：“你才是黑心娃，你和你的瘫子阿弟都是黑心娃！”

邦金一听，次多吉骂她阿弟是瘫子，这是她最听不得的！邦金上学快三年了，当初进学校就是为了给阿弟治腿病。但这治病期间，出现很多让她难以想象的困难，叫阿弟一直拖到今天也没能如愿站立。她心中对此原本就很窝火，不知往哪里发泄，这下听次多吉出口骂“瘫子”，不由得怒火中烧，朝次多吉吼道：“你再说一遍！”

次多吉毫不示弱：“说就说，怎么了？你的阿弟分明就是瘫子！”

话音刚落下，次多吉就挨了邦金一拳。

拳头打在次多吉的头上，叫他晃了下，紧接着，他又大叫一声：“瘫子！治都治不好的瘫子！”

这回，除了拳头，邦金整个身子都朝着次多吉扑上来，把他摁倒在地，对着他的脸又是几拳。“我叫你喊瘫子！叫你咒他治不好！”邦金边打边嚷。

次多吉原本就比邦金矮了一截，气力也落了下风，情急中，他一口咬住邦金的手肘，邦金痛得滚到地上。两人因此打成一团。

直到梅朵老师慌忙赶到，才把他们拉开。

这时邦金的手肘上已被咬出一排红牙印。梅朵老师抓住邦金的手一看，没出血，没伤口，就用力一把推开她；转身抱起次多吉，发现他的脸上已经沾上鲜血，血主要是从鼻孔里淌出来的；再一看，他的额头也破皮了，是刚才两人扭打在地面上摩擦造成的。

次多吉一声声地喊着痛。梅朵老师问他哪里痛，次多吉指指自己的胳膊肘。梅朵老师连忙用手试着朝次多吉的胳膊肘捏一下，次多吉立马大叫："哎哟，痛！痛！痛！"梅朵老师这一看就慌了，心想会不会是骨折呢，就大声喊卓玛，吩咐她牵来马匹，托着次多吉上马，准备骑马送他到乡卫生院去检查。

邦金愣愣地瞧着这一切，她没想到自己这回真的伤到了次多吉，还要进卫生院，那肯定伤得不轻！想想她就被吓住了。梅朵老师见邦金打了人还不主动帮忙施救，像个木头人儿站在那里，就铁青着脸给她撂下一句话："一个女娃，动不动就打架，太不让人省心了！等我回来再跟你好好谈！"

27

是悬着的心，牵着我离开你们

梅朵老师送次多吉到乡卫生院检查，不知为什么竟然一整天都没回来。

邦金担心极了。早上出手打人，她看到次多吉脸上沾着鲜血，心里已经后悔。如果梅朵老师此刻在学校里，那不管怎样批评她，她都会接受。但现在一切都迟了，梅朵老师说了，回来再找她好好谈。那是啥意思呢？是要重罚她吗？是要开除她吗？如果真是这样，那还不如自己主动回草原去算了。反正上学都快三年了，阿弟还是不能站立、走路。

虽然梅朵老师之前是有说过，要给阿弟的双腿装假肢，让他通过假肢辅助，独立行走。但到目前为止，她也只是帮阿弟把那难看的畸形双腿做了个前期治疗而已。问什么时候可以装假肢，梅朵老师却说还要很长时间，因为装假肢的过程非常复杂；问怎么复杂，却说，那是一种专业性的复杂，什么心理检查啊，制作模型啊，初期试样啊，后期功能训练啊，不亲身经历，根本无法表述。这是不是梅朵老师为拖延时间而故意说的借口呢？更为重要的是，她能真切地感受到梅朵老师的碉房学校因为资金不足，时常会陷入困窘。而未来给阿弟安装假肢，据说需要两三万元，这简直就是天文数字！唉，她总是一再犯错，处处惹梅朵老师生气。听梅朵老师刚才那话，是不会喜欢她了。那梅朵老师还会心甘情愿地帮助阿弟治病吗？另外，就算情愿吧，那么多的钱从哪里来呢？没有钱，阿弟就站不起来。

邦金想到这些，心里就像窝着一团乱麻。不知不觉中，她来到小河边，看到阿哥牛正在草坝子上埋头啃草，就朝它走去。

阿哥牛见到小主人到来，便朝小主人频频颔首，像是看出了小主人的心思，“哞哞”地朝她叫唤。邦金凑上前，轻轻地抚摸阿哥牛，把脸贴在它的皮毛间。阿哥牛则静静地任凭小主人抚摸，一动不动，像是在倾听她的心声。

乡卫生院这边呢，梅朵老师原本是担心次多吉的胳膊肘是不是折了，但非常幸运，只是在早晨的扭打中拉伤了筋骨，现在只需要回家休养几天就会好。医生给次多吉擦伤的脸部做了药水消毒和包扎。等次多吉从卫生院出来，他已经变成一个大花脸。

梅朵老师瞧着次多吉，既心疼又来气，责备他：“你看看，弄出一个大花脸，胳膊也差点折了！你以后要好好注意，说话要先经过脑壳想一想，不能随便出口伤人。”

次多吉低头不语。

“回到学校后，是不是要先给邦金道个歉？”梅朵老师提醒他。

次多吉不服：“老师，是她先打了我，为什么还要我先向她道歉？”

“她为什么打你呢？”

“我就骂了她阿弟一句话。”次多吉满脸委屈，“您也说过，说归说，不能动手，她为什么要动手嘛！”

梅朵老师点头又摇头，这么回他：“哦呀，我是说过不准动手打人。但你骂她那句话，知道对她的刺激有多大吗？有时候，骂其实比打更让人伤心，就像你的胳膊和你的脑壳。”

这最后一句比喻说得有些突兀，也有些深奥，次多吉没有听懂。

梅朵老师接着说：“次多吉，我觉得你的胳膊比你的脑壳更有度量，更有菩萨心肠。”

次多吉听得越发迷糊。

梅朵老师开始循循善诱：“你想嘛，虽然邦金把你的胳膊打痛了，但医生都说了，过几天就会好。胳膊一好，它就不痛了。为什么不痛，因为它度量大，不想计较邦金打过它——它把这件事忘了，就是不计前嫌嘛。你的脑壳却不行，即使胳膊不痛了，它还是惦记着邦金打了胳膊的事。”

次多吉听得一愣一愣的。

梅朵老师则大声问：“你愿意做有菩萨心肠的人吗？”

次多吉点头。

梅朵老师跟着发话：“那就应该向你的胳膊学习，不计前嫌，回学校后主动给邦金道歉！”

次多吉这会子肯定是被胳膊、脑壳和菩萨心肠给绕住了，懵懂地点头：“哦呀，好吧。”

梅朵老师趁势拉起次多吉的手说：“来吧，就这么说定了，我们拉钩钩！”

28
雨夜里的小马队

离开卫生院后，梅朵老师就带着次多吉匆匆赶往乡中心小学。因为县教育局给她的碉房学校下拨了一批教育物资，寄放在小学里，既然到乡上来了，正好顺便运回去。她领着次多吉清点物资，又寻找马匹装运，前前后后忙了大半天时间，等运回学校时，天都快要黑了。

这时邦金早已背着阿弟、赶着牛群，离开了学校。梅朵老师慌忙询问孩子们，得到的都是相同的说法：上午邦金跑到小河边跟她的阿哥牛说了很长时间的话；中午时分，她回学校收拾行李，背着阿弟赶着牛群走了。孩子们拦都拦不住，又没有电话，他们也无法向老师汇报。

梅朵老师知道，邦金肯定是赌气回草原去了。但因为是赶着牛群，应该走得不快，估计还在半路上。梅朵老师就骑马奔向学校后方的山寨，喊了两位牧民，临时组成一支小马队，朝着邦金家的草原赶过去。

天已经完全黑下来了。阴沉沉的雨雾锁着草原，模糊了赶马人的视线。冷风阵阵，这将是一个雨夜。梅朵老师一边骑马一边思量：邦金是中午时分离开学校的，没有马，她背着阿弟赶着牛群徒步前进，途中人和牛还需要歇息，估计他们实际徒步时间也就两三个小时。从学校到邦金家草场，除了学校下方的小河，还需要穿越两条草原上的小河湾。虽说现在不是雨季，河湾里水不深，但泥坑非常多。邦金不会踏入陌生路线，但她难以管住牛群。这又逢上夜晚，天这么黑，牛群很难紧跟人的步伐。如果哪头牛在过河时分了神，陷入泥坑，那就麻烦了！

梅朵老师越想越心急，把马鞭抽得“呜呜”作响，飞马疾驰，叫她身后两位陪同的牧民都有些跟不上。小马队在夜晚的草原上奔跑了将近一个小时，来到第一道河湾，不见邦金，天却“哗哗”地下起雨来。刚才走得急，梅朵老师来不及拿雨衣，雨点很大很急，她浑身已被雨水打湿。两位牧民显得有些疲惫，勒马站在河湾边，担心地盯着梅朵老师，意在问她：下雨了，还要不要继续赶路？他们主要是心疼梅朵老师，担心她淋了雨会染上风寒。

但梅朵老师已来不及多想，策马跨过河湾。

三个人继续赶路。雨越下越大，他们都已浑身湿透。马在夜雨中一边奔跑一边嘶叫，马蹄溅起的泥水，打花了马的身子和人的身子。梅朵老师因为白天已经策马跑过长路，开始体力不支，坐在马背上摇摇晃晃。

两位牧民终是看不下去了，赶上前拦住她，提出让她就地停下来等候，由他们二人先去追赶。梅朵老师当然不肯，要她停下，除非是亲自找到邦金。两位牧民见此，相互商量了下，开始一边策马一边大声打着呼喊的口号：“啊呵呵——啊呵呵——”因为他们已经跑过了第一道河湾，按时间计算，邦金应该就在不远的前方了，他们是想用口号声给前方传递信息：“小娃别再跑，我们已经追过来了！”

果然这是有经验的做法。虽然雨声有点大，但两位牧民富有穿透力的呼喊声穿过了雨幕，传到了前方邦金回程的草坝子上。这时的邦金其实已经后悔离开学校。天下着雨，她和阿弟以及牛群都被淋得湿透。夜那么黑，牛群黑色的身影晃荡在身边，她几乎看不清。因为担心牛群走散，她只好把牛一头连着一头，拴在同一根绳索上，再紧紧抓住绳索，这样走起路来就非常吃力。还有阿弟，下雨了，她背着阿弟陷入泥泞，正处在寸步难行中，忽听身后传来牧民的口号声，还在喊她的名字。她知道是梅朵老师带人来找她了，泪水就像雨水一样滚下来。

到两边的人终于在黑夜里会合时，梅朵老师终于坚持不住，在马背上摇晃了一下，跌下马来。幸亏被已经下马的牧民及时搀扶住，她才没摔到地上。邦金见此，慌忙赶上前，但她没机会和梅朵老师说点什么，因为梅朵老师看起来迷迷糊糊的，根本没有气力说话。至此，梅朵老师再也无法独自骑马了。两位牧民只好分头行动，一位把她扶上自己的马，带着她骑马先行；另一位则留下来，护着邦金及牛群慢慢回返。

29
和好

梅朵老师醒来的时候，天已经亮了。她看到卓玛、次多吉，还有邦金等孩子，都坐在她床榻前的地面上。地面上搁着几床被子，但都叠得整整齐齐的，看起来像是没有动过。原来因为受了风寒，昨夜她被牧民送回时就在迷糊中睡着了。孩子们因此担心了一夜，不敢睡，就坐在她的床榻前守着。

见梅朵老师终于醒来，邦金心下庆幸，但更多的还是愧疚，她低着头，不敢看老师。一旁的卓玛和次多吉的脸上则挂着一夜守护后的憔悴。梅朵老师看得心疼，示意孩子们先回宿舍休息。其他孩子担心打搅老师，都轻手轻脚地离开，邦金和次多吉则默默地坐在那里不肯走。

梅朵老师盯着次多吉，目光不移动。次多吉明白了，低声对邦金说：“我嘛，以后不会那样说你了。”

邦金不知说什么好，她一直低垂着头，处在自责中。是嘛，自己原本就是个放牛娃，经得起风吹雨打，梅朵老师怎么行呢？她的身体不适应草原气候，一淋雨就会生病，一生病，说不定就有生命危险。这是之前乡卫生院的医生到学校时说过的话，她一直都记得的。现在，却是她，拖着梅朵老师陷入危险境地。这要是真的出了事，她怎么对得起梅朵老师给予她的恩情呢？！

前后这么一想，邦金就更说不出话了。她伤心地用双手捂住脸，“呜呜”啜泣。

次多吉先是有些局促地坐在一旁，见邦金啜泣不止，就挨近她，手伸到她肩上，摇了摇，小声地提醒她：“别哭嘛，让老师看到了。”

邦金仍在啜泣。次多吉眼珠一转，想出一个可以让邦金停下啜泣的办法，他贴着她的耳朵，对她说：“昨天我在路上听老师说，等藏历年到了，学校放假，她要带次旦去内地配假肢。听说那假肢很神奇，可以帮次旦站起来走路哇！”

这一招果然灵验，邦金缓缓停下啜泣，轻声问：“老师真的说了要带次旦去配假肢？”

次多吉语气肯定：“那还有假？我要是说谎，你的拳头又不饶我。”

邦金有些内疚，招呼次多吉：“以后我会管好自己的拳头，你也别计较了嘛。”

床榻上，梅朵老师见两个孩子终于可以相互倾谈，感觉身上的病像是好了大半，就安心地闭眼休息了。

第六章

30

牦牛是我们的宝贝

藏历年快要到了。周六这天中午，趁着学校没课，邦金怀着沉重的心思回到草原，来到彩嘎娘娘这里。她来，是为阿弟次旦的事。因为前几天梅朵老师打电话询问内地的医院，已经确认了，给阿弟次旦配假肢需要三万元！这简直就是天文数字。梅朵老师的碉房学校因为资金不足，时常会陷入困境，是拿不出钱的；她为此专门去了一趟州府残联，已经为次旦申请到一笔安装假肢的扶助资金了，但还是缺了不少。邦金想到之前草原上的尼玛大叔说过，阿哥牛是冠军牛，是牦牛当中最值钱的，就想到要把它卖了。但阿哥牛对邦金来说，可是亲人一个模样的，邦金又怎么舍得！左右为难嘛，她只好来找彩嘎娘娘，想听听她的说法。

邦金来到彩嘎娘娘这里时，就见彩嘎娘娘趴在自家帐篷的入口处，手里拿着白亮的花针，正在一针一线地缝补帐篷上的破洞。见邦金到来，彩嘎娘娘也没歇手，一边缝补一边招呼："哦呀波姆，上来啦。"

"上来了娘娘。"邦金回答。她凑上前去，瞧彩嘎娘娘手里的花针。针眼上拴的是牛毛纺成的细索，而彩嘎娘娘家的这顶黑帐篷就是用牦牛毛编织成的。彩嘎娘娘的针线活真不错，邦金刚刚还看到帐篷上破着一口大洞，但经过彩嘎娘娘的细心修补，大洞不一会儿就变成了小洞，再不一会儿，不但小洞被完全缝合了，而且不仔细看，甚至看不出补丁。邦金不由得在心里佩服起彩嘎娘娘，却听彩嘎娘娘跟她解释："还有好几处嘛，这个帐篷太老了，到处都是破的，今天不知道能不能全部补完！"

彩嘎娘娘边说边又找到一处破洞，穿针，引线，打结，缝补，一边又对邦金发出感慨："牦牛可是我们的宝贝呀，你看，我们吃的酥油、喝的牛奶、住的帐篷，哪样不是它们给的！接下来呀，我也要多多积攒酥油，卖了钱就买一顶不漏雨的大帐篷，到时候在里面跳锅庄都可以。那时呀，你让梅朵老师把学校搬过来，在大帐篷里上课都可以嘛！"

听彩嘎娘娘这么说，邦金心头难受极了。她来，原本是想跟彩嘎娘娘商量卖牛的事，这下却听娘娘在口口声声地夸赞牦牛，那卖牛的事她就不知怎么才能说出口了，只好站在那里发愣。

虽然邦金到梅朵老师的碉房学校上学了，但她惦念草原生活，经常会上彩嘎娘娘这儿来，一来就会帮着娘娘做些活儿，像晒牛粪呀，喂小牛呀，打酥油呀，什么都做。这次又上来，彩嘎娘娘就当是平日一样了，也没问她有什么事。缝补了一会儿，彩嘎娘娘就抬头望望天，自顾自地说：“今晚肯定有雨，我得赶快把帐篷补起来才行。”想了下，才问邦金，“波姆，你今天还要回学校吗？”

邦金说是。

彩嘎娘娘就说：“要是今天不上课，你就在这住一晚吧。”

邦金心想：来时没想过要住一晚，作业本也就没带。于是她回道：“娘娘，我不住了，还要回去做作业。”

彩嘎娘娘愣了下，便不作声了。

邦金就知道彩嘎娘娘还有话，问她：“娘娘，你可有什么事？”

彩嘎娘娘再抬头望了一下天空，才说出实情：“要是你今晚不走就好了，帮我把草场上的牛赶回来，我就可以赶在天黑前把帐篷补好。”

邦金是想帮助彩嘎娘娘的，但想到彩嘎娘娘家不是还有女儿巴姆在放牛吗，就顺口问：“娘娘，巴姆阿姐呢？”

彩嘎娘娘瞧一眼帐篷里面，轻声说：“在里面睡觉。她又病了。”

邦金连忙走进帐篷，果然看到巴姆，她整个人都窝在被子里，脸埋在被子深处，只露出几绺头发在外面。她知道巴姆是睡着了，便悄悄地走出帐篷，拿起鞭子赶牛去了。

31

那是阿妈的呻吟声

天黑之前，邦金把牛群赶回来了，之后就是拴牛、挤奶、打酥油。

有邦金帮着赶牛，彩嘎娘娘终于把帐篷上的洞都补起来了。彩嘎娘娘的女儿巴姆已经二十岁了，因为身体一直有病，还经常复发，就没有结婚，只在牧场上帮着彩嘎娘娘放牛。彩嘎娘娘一直有块“心病”，就是这个经常发病的女儿。早先邦金还在草原上的时候，有时会住在彩嘎娘娘的帐篷里。半夜里，她经常看到彩嘎娘娘不睡觉，坐在地铺上望着睡在身旁的巴姆唉声叹气。

今晚也是这样。

半夜里，邦金被巴姆剧烈的咳嗽声惊醒了。她睁开眼，就看到巴姆躺在彩嘎娘娘怀里。彩嘎娘娘一手拿着汤匙给巴姆喂热水，一手轻轻地捋着她的胸口，生怕她呛了。

邦金翻身爬起来，接过彩嘎娘娘手里的汤匙，帮着喂水。

“阿姐是什么病？”邦金小心地问彩嘎娘娘。

彩嘎娘娘摇头。

“娘娘，我们应该带阿姐到县城的医院去检查。”

彩嘎娘娘面露痛苦，摇头。

邦金不说话了，小心翼翼地喂完水，然后把身子挨着巴姆，和她依偎在一起。现在，她也只能用这样的方式表达，她的心，是和彩嘎娘娘一家人紧贴在一起的。

下半夜，睡着了的邦金又被巴姆的呻吟声吵醒了。她听到巴姆的呻吟，一声接着一声：“哎哟，哎哟，哎哟……”她迷迷糊糊地睁开眼，却不敢望巴姆。帐篷里漆黑一团，巴姆不间断的呻吟就像一根根尖针扎在她的心上——那仿佛不是巴姆的声音，而是阿妈的呻吟声！阿妈，她忽然想起阿妈来了，想起当年，那个风雪交加的夜晚，阿妈的腿被石块砸伤，因为天气太冷，加上急于抢救风雪中的牛群，阿妈感觉不到痛；但等看到牦牛被冻死，阿妈就趴在雪地上低声呻吟：“哎哟，哎哟，哎哟……”真不知那一刻，阿妈是身子在痛，还是心在疼！邦金想得心都碎了，蜷缩着身子卧在巴姆身边，紧咬着牙。她多想放声痛哭啊，但面前病恹恹的巴姆哪里经得住折腾呢！她只能把脸面埋进被子里，任由泪水打湿被褥，不敢出声。

32

我的阿哥牛啊

本来邦金对卖牛的事还拿不定主意，但经过昨晚巴姆那一夜的痛苦呻吟，邦金不想再犹豫了。她决定卖牛，一定要让阿弟站起来！要不然，未来的阿弟也许就变成昨晚的巴姆了！

早晨，邦金把彩嘎娘娘家的牛群赶上了牧场，之后匆匆吃了点糌粑，就找尼玛大叔去了。她来到尼玛大叔的草场，这时尼玛大叔正好带着小儿子旺堆，赶着牛群上山。

旺堆比邦金小三岁，之前他在乡中心小学读完了二年级，到三年级就怎么也不愿意去了。老师多次上门找尼玛大叔，要求送旺堆继续上学！但尼玛大叔不同意，因为家里牦牛太多，旺堆可是家中放牛的好帮手呢！

这会儿，旺堆见邦金来到自家草场，就迎上前问她："邦金，你怎么不去上学？"

邦金反问他一句："你不是也没上学吗？"

旺堆骄傲地说："我家牦牛多，要放牛，当然就不用上学。不像你们家，牦牛就那几头！"

邦金一听，心里很难过，来时的念头就在心中打晃了，不知道还要不要找尼玛大叔。

这时，她听尼玛大叔在大声问她："小娃，你有什么事吗？"

邦金望着尼玛大叔，踌躇了好一会儿，轻轻地问："阿叔，我记得之前您说要换我家的阿哥牛，现在还要吗？"

尼玛大叔非常吃惊，问："怎么了，小娃？你怎么想起要换牛了？"

邦金喉咙哽咽，说不出话。

"说嘛小娃，你当阿哥牛是命根子，这会怎么想到要换它了？"尼玛大叔盯着邦金，有点不敢相信。

邦金的眼睛湿润了，心头非常难受，低头不说话。

尼玛大叔这一瞧，就知道邦金这回并不是说假的，但还是有些不放心，追问她："小娃，看样子你是当真的？"

邦金点头，心存侥幸地问："花尾和大黑可行？"

尼玛大叔笑起来，摇头说："不行，我又不是换牛杀掉去卖肉！要阿哥牛，就是看上它是冠军牛，喜欢它那个劲头，换来就是要送它去参加斗牛大会嘛！"

邦金不再作声。

尼玛大叔倒有些心急了，跟着问："你说吧，要多少头小牛才能换你的阿哥牛？"

"我不换，我卖给您。"邦金说。

尼玛大叔大吃一惊："小娃，那些年你的理想不就是想获得更多的小牛吗？怎么现在又要卖牛了？"

邦金两眼滚出了泪水："我要让阿弟站起来。"

尼玛大叔答应了买下阿哥牛，邦金就不敢回学校了，不敢见到阿哥牛。是的，每向学校迈近一步，都是在促使她更快地失去阿哥牛！

上午的阳光照耀着草原。草原一马平川，人可以看到很远的地方。邦金又来到彩嘎娘娘的草场。远远地，她就望见了彩嘎娘娘家的黑帐篷。彩嘎娘娘肯定不在帐篷里。她知道，巴姆病了，彩嘎娘娘只能把脚步交给牛群——她的牛群在哪里，她就在哪里。邦金心里多憋屈啊！她再回彩嘎娘娘这里，其实不为别的，就是想扑进彩嘎娘娘的怀里大哭一场。

彩嘎娘娘是和阿妈一个模样的，也是阿哥牛的守护人。她进入碉房学校读书时，也是彩嘎娘娘帮她长途跋涉地把阿哥牛赶到学校的。但是现在，她却要把阿哥牛给卖了！这就像是把她自己身上的肉割下一块也给卖掉了！

不见彩嘎娘娘，她只好走向自家草场。来到草场的小河边，她看到当年雪灾时一家人避难的岩洞，想起当年，那一夜，阿妈在风雪中一瘸一拐，把家里的牦牛都赶到洞口边集中起来，以为那样就可以保住牦牛。

但第二天，牦牛还是几乎都被冻死了。唯有阿哥牛半死不活地卧在雪地里，尾巴被冻在冰坨坨当中。它如果一直卧在冰雪里，终将被冻死。阿妈想出了办法，举鞭狠狠抽打阿哥牛的屁股。阿哥牛疼痛难忍，才竭尽全力地爬起身，尾巴却生生地被冰坨坨勒断了。阿哥牛的眼里泛出了泪光，阿妈的眼里也流下了泪水……

这样的回忆就像在酷热的夏天吃到一块冰，那种猛然间传遍周身的透凉，致使邦金泪流满面。她一边断断续续地呼喊“阿妈——阿妈——”，一边继续往前走。

不久，她就来到自家草场的尽头——蒿子沟。这时的蒿子沟，枯草遍地，景色萧条。她站在蒿子沟的草坡头，脑海中的画面转换得非常迅速：一会儿是春景，一会儿是秋景；一会儿是晴天，一会儿是雨天。有那么一刻，她仿佛看到天空突然暗下来，白天竟然变成了黑夜。

她看到：黑夜里，她伏在阿哥牛的身上，抚摸它的皮毛，把脸面贴在阿哥牛的鼻子上，又像小时候阿妈亲吻她和阿弟那样，亲吻着阿哥牛的鼻孔、眼睛、嘴巴……

她看到：黑夜里，她的鞭子抽打在阿哥牛的屁股上，开了花。阿哥牛浑身是血，睁大眼睛，昂起头，奋力撑起前蹄，纵身一跃，整个前半身就这样摆脱了泥坑，但那后半身仍然陷在泥坑中……

她看到：黑夜里，她迅速扑上前，匍匐着钻到阿哥牛的屁股下方，抱住阿哥牛那已经从泥坑中挣脱了一半的后腿，朝着上面用牙狠狠咬了一口。阿哥牛痛上加痛，腿一抖，往上一跃，拖着她一起摆脱了泥坑……

这是多么让人难受的回忆！邦金再也忍不住，面朝天空放声大哭，喊了一声：“我的阿哥牛啊！”

33

跟我们一起回家吧

梅朵老师是在尼玛大叔到学校来牵牛时，才知道邦金把阿哥牛卖了的。她能说什么呢？卖牛所得的钱不但对于邦金，对于她也是很大的数字，并且解了燃眉之急。

但是钱有了，新的问题又出来了。梅朵老师的碉房学校原本就是慈善学校，收留的孩子多半来自单亲家庭，还有失去双亲的。单亲家庭的孩子在放假后都被大人们接走了，其他孩子就把学校当成家。往年，学校的生活老师东月会陪着孩子们，但今年他有事去了拉萨，学校只剩梅朵老师一个大人——她如果带次旦去内地配假肢，留校的孩子就没人管了。

梅朵老师正为这个事犯愁呢，县教育局的更嘎主任开着一辆皮卡来学校了。更嘎主任专门负责麦麦草原一带的教育工作，麦麦乡中心小学和梅朵老师的碉房学校都归他管，所以梅朵老师认识他也有五年了，是老熟人。当然，并不是说老熟人就有神机妙算的本领，能提前预知梅朵老师这边有困难。这次更嘎主任是听麦麦乡中心小学的多吉校长说，才知道梅朵老师的学校里还有十个留守孩子，他就风尘仆仆地赶过来了。

因为正好赶上县里有一项扶贫政策正在落实，他还带来十位机关工作人员，他们开着一辆中巴跟在更嘎主任的皮卡后面。

中巴停在学校的院门外，更嘎主任的皮卡则径直钻进学校的大院子里。因为每年寒假期间，教育局都会给梅朵老师的碉房学校运送越冬物资，考虑到搬运更为省力，皮卡都是被直接开到学生宿舍旁边。这样，那些棉被呀，衣袍呀，食物呀，就可以被孩子们轻松地搬进厨房和宿舍里了。

“梅朵老师，我们来啦！”更嘎主任一跳下车，就大声招呼已经赶上来的梅朵老师。

孩子们则一窝蜂地围住了更嘎主任，齐声问候：“更嘎叔叔好！”

更嘎主任一边乐呵呵地回应“哦呀！哦呀！”，一边摸一下这个孩子的头、拍一下那个孩子的肩，一边故意问一个矮点的孩子：“你怎么还是这么瘦嘛，梅朵老师平时是不是舍不得给你酥油吃呀？”转手再刮了一个大个子孩子的鼻梁，“你咋就这么壮，是不是悄悄吃掉了梅朵老师的巧克力呢？”又怜爱地摸一下一个女生头发上的蝴蝶结，“这么漂亮。谁给你买的，是梅朵老师吗？”

被问话的孩子还来不及回答，其他孩子又都拥到更嘎主任身旁了。梅朵老师只好避到一旁，看到高大的更嘎主任被孩子们团团围住，她的双眼就有些湿润了——这些孩子没有阿爸，更嘎主任多像他们的阿爸啊！

更嘎主任果然做出了阿爸的样子，他从怀里摸出一把五彩的糖果，高高地举起，大声招呼：“你们要喊我更嘎阿爸！喊阿爸才能得到糖果嘛！”

这时，外面中巴里的机关工作人员也走进了院子。

更嘎主任忙着招呼孩子们：“你们看吧，还有你们的泽仁阿爸、尼玛阿爸、曲珍阿妈、拉姆措阿妈，都来啦！”

梅朵老师愣了下，迎上前，只听更嘎主任给她介绍：“梅朵老师，他们都是县里各个机关的。今天来，我们要和你商量一件事。”

孩子们已经爬上皮卡，搬运他们喜欢的礼物去了。梅朵老师把更嘎主任和十位机关工作人员请进学校的客堂。大家都坐下后，就听更嘎主任介绍：“梅朵老师，现在县里有个‘一对一’结对认亲政策，你可了解？”

梅朵老师感动地点头，说：“我之前听多吉校长说过了，就是要当孩子们的阿爸阿妈。他说我们学校的孩子非常适合，也说了您会过来，但没想到您这么快就来了！”

更嘎主任笑道：“不快不行啊，你们都放假了嘛。”

梅朵老师点头：“是的，已经放假了。”

更嘎主任就说：“多吉校长说还有十个孩子留校。”

“是十二个呢。”梅朵老师说，“只是这次我要带邦金姐弟俩出去，还有十个孩子要留在学校里，所以，更嘎主任，您既然来了，我有个难处也想说说。”

更嘎主任直言：“你的难处不说我们也知道了，所以我把十个娃娃的阿爸阿妈都带过来了！”他指着一旁的机关工作人员跟梅朵老师解释，“他们家中都有读书的孩子，所以我们这次趁着送物资，正好带他们过来和咱们的孩子认个亲。梅朵老师，你看怎么样？”

梅朵老师一时还没有完全反应过来，只问：“更嘎主任，这当然好，但不知具体该怎么做呢？”

更嘎主任胸有成竹：“这些我们都讨论过了，在生活中具体怎么落实，大家都是在摸索中慢慢积累经验，但目前你的难处是这十个留校的孩子。那天我一听多吉校长说，就马上联系了这十位适合的阿爸阿妈。这次可以趁着认亲的机会，让他们先把孩子们接回家暂住，正好也和家里的孩子培养一下情感嘛！”

“那太好了，更嘎主任！”梅朵老师一听，顿时觉得轻松多了，对着十位阿爸阿妈真诚地合掌致谢。之后，梅朵老师忽又想起一事，转口低声询问更嘎主任：“主任，我还有个情况想请教您。麦麦草原上有户牧民，是单亲家庭，阿妈叫彩嘎，女儿巴姆生病很久了。我看她那病情，怕是要到内地的大医院治疗才行。但彩嘎不识汉字，无法带女儿去更远的地方，家里还有牛群，她也走不开；最主要的，还是经济问题——看病就得实实在在地花钱，要花很多钱，就因为担心这个，彩嘎一直在拖着。”

更嘎主任听了，当即回她一句：“彩嘎家嘛，她们的情况，你不说我们也知道！”

见梅朵老师有些惊讶，更嘎主任又耐心地跟她解释：“我们比你更早地了解到她家的情况。她们的乡政府正在派人和她家对接，先落实医保的事。医保办好后，她女儿看病就可以按照比例报销了。”

梅朵老师又问：“但是彩嘎不识字，怎么带女儿去看病呢？”

更嘎主任胸有成竹地说道：“这个不用怕，我们也要给巴姆家结对认个亲，这样就解决了看病陪护的问题。”接着，他又强调了一句，“放心吧，梅朵老师，乡政府会安排好她们家的！”转身，他便招呼在场的十位机关工作人员，“哦呀，那我们现在就把认亲的事定了嘛。等一切定下后，你们还需要在这里和孩子们住上几天，让孩子们先适应一下。不能适应的，我们另想办法；能适应的，就跟着各自的阿爸阿妈一起回家吧。”

34

看在眼里，痛在心上

有了爱心阿爸阿妈，梅朵老师终于可以腾出时间了，她领着邦金和次旦赶往内地。这是姐弟俩第二次到内地了。第一次是因为在装配假肢之前，次旦的畸形双腿需要在医院做前期治疗，以便与假肢顺利地配对。梅朵老师还清晰地记得，当时姐弟俩因为是第一次进医院，面对从未见过的各种医疗器材，他们非常紧张，脸上时不时会现出担心的表情。

相比那次，这次姐弟俩没有太紧张，二人都是奔着立竿见影的希望赶过来的。

唯有梅朵老师循循善诱的话语，让邦金稍有不安。

在康复医院雪亮的候诊大厅里，梅朵老师抱着次旦坐在椅子上，望着来来往往的病人。他们几乎都很特别，有的是自己架着拐杖行走，有的是被家人搀扶着行走，还有被轮椅推着走的。

梅朵老师轻柔地抚摸着次旦残存的腿部，安慰他说："你看，不是只有我们才特别嘛，许多人都和我们一个模样，身体都有点不好，但到这里来了，治疗后就会慢慢好起来。"

次旦懂事地点点头。邦金一听这话，就想起彩嘎娘娘的女儿巴姆来了。那晚巴姆阿姐痛苦的呻吟声，一直都在邦金的脑海中挥之不去。她望着人来人往的候诊大厅，试探地问："老师，彩嘎娘娘家的巴姆阿姐可能来这里看病呢？"

梅朵老师朝她摆手："这里是专门的骨科康复医院，不治她那个病嘛。"

邦金有些着急了，跟着问："那哪个医院能治阿姐的病呢？"

梅朵老师直言："看病就需要花钱，乡里正在给她们家办医保，等春天到了，巴姆就可以到内地的综合性医院看病了。"

邦金一听，脸上荡开了笑容，庆幸地说："哦呀！那等到春天，巴姆阿姐治好病，就可以放心大胆地放牛了！"

到那时，巴姆阿姐的病好了，阿弟次旦也应该能独立走路了吧——邦金这么一想，就又急切地问："老师，这趟到医院来，阿弟还要多久才能站起来呢？"

梅朵老师没有正面回答邦金的问题，却这样对她说："就像读书一样，我们得从幼儿园开始，再读小学、读初中，再到高中、大学，要一步一步地来嘛。"

邦金听到梅朵老师这句话，刚才荡在脸上的笑就一点一点地消失了，心中隐隐生出不安的感觉——她想：从幼儿园开始，再读小学、初中、高中、大学，那得多少年啊！该不会次旦要想站立，也需要经历和读书一样漫长的过程吧！

后来果不其然！事实证明，邦金的担心并不是多余的——这年的冬天，次旦到内地的医院装配假肢，前后的过程那真是太复杂、太漫长了！小小的孩子，先后经历了各种身体检查、心理检查、体能锻炼、功能训练以及假肢的试样、制作、试穿、行走等，还有怎么保持身体平衡，怎么起立、坐下、迈步、行走，怎么正确地使用拐杖辅助练习……整个过程中，虽然梅朵老师和邦金一直陪在次旦身边，并且装配假肢的技师也一直在配合指导，但对于小小年纪的次旦来说，那种因对假肢的陌生而产生的心理排斥和因假肢与皮肉发生摩擦而产生的疼痛，是无法用语言描述的。

邦金眼睁睁地看着阿弟在疼痛中艰难地行走。她看在眼里，痛在心上，原本带在身边的寒假作业，因为担心阿弟，一半都没有做完。

35

小小的阿妹，是一条鞭子

等次旦配好假肢，三个人回学校时，已经是春天了。

这个春天，彩嘎娘娘家的巴姆在县城机关认了亲，跟着她的爱心阿妈到内地的医院治病去了。而次旦却迎来了人生中最大的挑战。他装配假肢的双腿越来越痛。假肢就是假的，要想让它与自己的身体融为一体，对于小小年纪的次旦来说，那真是太难了。他的腿部上下，处处受伤，处处疼痛。两根辅助训练的拐杖架在他的腋窝里，由于腿部用不上力，拐杖便承受了整个身体的重量，久而久之，腋窝再也承受不住，他只能失望地丢下拐杖。而没有拐杖辅助，他就无法站立。假肢与肉体在行走时会产生不协调的摩擦，因此而产生的肿胀、疼痛，叫他寸步难行。邦金见状，心急如焚。她之前怎么也没想到，这行走比瘫痪还要叫人难受。

因为担心阿弟，邦金没有太多心思用在学习上，这造成她回到班级后，功课远远地落在了同年级学生的后面。

原本平时上课时，次旦是被梅朵老师安排坐在教室里的——学校里没有幼儿班，为安全起见，小一点的孩子都被临时安排坐在教室的最后一排，算是顺便给他们做些启蒙教育。但因为需要做行走训练，梅朵老师就把次旦托付给生活老师东月了，由他陪着在教室外面进行训练。这样，邦金上课时就看不到阿弟。看不到阿弟，她的心思就不在课堂上，耳朵也像是飞到了窗户外边。

这天，她听到窗外传来东月阿哥训斥次旦的声音：“小娃，你站立的姿势不对！身子不端正，腿就歪了，歪着的腿怎么能和直着的假肢对接嘛！对接不上，就会产生摩擦，那皮肉一摩擦，不痛才怪！快把身子站端正！”

东月阿哥的声音过于严厉了，次旦可能是越听越迷糊，没能及时调整，就听东月阿哥的训斥声越发大了：“小娃，叫你把身子站直，站直，听到没有！”

邦金听得难过极了，心想：原本阿弟行走时就很痛苦，这一训斥，不是让阿弟更糊涂了嘛！邦金这样想着，就朝梅朵老师举起手。

“邦金，你有什么事吗？”梅朵老师问。

“老师，我要上厕所！”

“好吧，楼上有厕所，你不用出去了。”梅朵老师招呼她。

邦金站在那里不动。

“怎么，你不想上厕所了？”梅朵老师追问。

邦金仍站着不动。

“不想就坐下。”梅朵老师发话。她当然知道邦金的心思，自从次旦装上假肢后，邦金就没有心思学习了。陪次旦去内地，她已经耽误了很多课，现在如果不加倍努力，她就真的跟不上班了。次旦在训练行走的过程中产生疼痛，这是必然的、避不开的；只要挺过去，最终他就可以独立行走。但如果因为这样的过程而荒废了邦金的学习，那是追不回来的。想到这前后的利害，梅朵老师就不想再任由邦金这么耗下去了，她得想办法把邦金的心收回来。

邦金此刻哪能理解梅朵老师的良苦用心呢？见梅朵老师不让她走，她就坚持站在那里，意在用行动同梅朵老师僵持。

梅朵老师自然看在眼里。现在，是到了该正面教育邦金的时候了。所以她问邦金："你不坐下，站着，是不是想回答问题？"说完，转身在黑板上写出一道题，对邦金说，"你说，这道题应该怎么解答？"

邦金直愣愣地瞧着黑板。第一，她正为不能出门的事耿耿于怀，不想回答问题；第二，她的功课落下太多，已经答不出黑板上的问题了。

梅朵老师就喊起邦金的同桌卓玛："好吧，卓玛，你来回答这道题。"

卓玛缓缓站起身，她比邦金年龄小一点、个头矮一点，所以站在邦金身边，就像是邦金的一个小小的阿妹。这位小小的阿妹，非常准确地回答了梅朵老师的问题。对于邦金来说，这就像是一条羞辱的鞭子，在抽打着她。

36

迎风而上

下课的铃声终于响起来了。其他同学都在收拾课本准备离开，邦金却呆立在座位上，目光盯着窗外。她看到窗外的野杏树在傍晚的冷风中摇晃，她的目光也跟着摇晃。昔日刚进碉房学校的时候，她的阿哥牛就被拴在野杏树下。那时，只要有什么委屈，她就会跑去跟阿哥牛诉说。

但是现在，野杏树下空空荡荡，阿哥牛没了，她心中的委屈又能跟谁说呢？

风渐渐大起来，野杏树的枝头晃来晃去。在晃来晃去中，邦金的目光就游向了远方，游到了小河对岸的那堵崖岩上。邦金还记得，为保护那崖岩上的鹰蛋，她差点打伤次多吉。现在算起来，那鹰蛋应该已变成矫健的神鹰，飞翔在天空中了吧。神鹰，神鹰——是啊，没有了阿哥牛，她还有神鹰——那是多多灵性、曾经救过她性命的神鹰，她的心声如何不能跟它诉说呢！这样一想，她就起身走出教室。

离开学校，穿过小河的独木桥，爬上河堤，邦金来到崖岩下。

不见夕阳，不见傍晚时分特有的流雾，只有渐渐大起来的风摩擦着高耸的崖岩，发出“呜呜”的声响。迎着大风，邦金依稀看到崖岩高处熟悉的鹰巢，但是不见岩鹰。按理说，傍晚时分正是岩鹰活动最为频繁的时候，这会儿却看不到它。

看不到岩鹰，邦金心里特别难过，她只好站在崖岩下，学着岩鹰的声音呼唤：“啾——啾——啾——”

仍不见岩鹰。

邦金不死心，继续呼唤：“啾——啾——啾——”

天空中依然不见岩鹰的影子，倒是天色越发昏暗了。大风越刮越猛，看势头，马上就要下雨了。但是邦金不想走，她心想：岩鹰飞得再远，下雨了它肯定也要回家吧。

她站在大风中等待。迎着大风，她开始面对崖岩诉说此行的目的、她的心声：“神鹰啊，你在哪里？可能听见我在说话？我来，是要问你一件事。你连我的性命都可以救下，我的难处你肯定也能解决吧！我上学，成绩不好，学习也跟不上，处处丢人，处处受批评，那还上学做什么！原本上学就是为了给阿弟治腿病，我做梦都想让他站立、走路！但是现在他走得那么痛苦，那比不走还让我心疼。怎么办呢？神鹰，请给我指一条路吧——我能不能再回草原去呢？如果能，我就要带着阿弟一起走！神鹰啊，你在哪里，能听到我的声音吗？听到就请回个话吧！”

邦金站在大风中面对崖岩呼喊。

随着声音落下，她果然听到了岩鹰的答复：“狂风暴雨，就是我的回答！”

不，这不是岩鹰的声音，是梅朵老师，她竟然站在邦金的身后，在这么回应着她。

邦金并不吃惊，转身淡漠地望了一眼梅朵老师。

梅朵老师则装作没事儿一样，朝她亮了下手里的雨伞：“哦呀，天就要下雨，我给你送伞来了。”

这会儿邦金无法听进任何安慰的话。现在对她来说，任何安慰都难以让她感动。说真话，当初她选择进梅朵老师的碉房学校，就像她刚才说的，那完全是因为阿弟。现在，第一，自己学习跟不上；第二，阿弟还是无法独立行走。这让她非常难过、失望，觉得自己天生就是一个放牛娃，理想对她来说就是异想天开。她正在后悔为什么要卖掉阿哥牛。如果阿哥牛还在，她完全可以回到草原，从头再来。

阴沉的乌云笼罩在头顶，天空越发昏暗。风那么大，却不能卷走乌云，倒是风越大，乌云越密布。巨大的云团在空中集结、翻涌。雷声响起来了，伴着一道道闪电在乌云间炸开。一场暴雨即将来临。这时，处在雷鸣电闪之下的邦金和梅朵老师，二人的眼睛同时捕捉到这样的景象：有一只岩鹰，它穿越闪电，自云层的深处飞出，正在迎着狂风竭力地铺展翅膀，在翻涌的云雾间飞翔！大风猛烈地扑打它的双翅，掀起那翅膀上的翎毛。狂风，一会儿把它送上高空，一会儿把它压入云层。但不管风怎样肆虐，岩鹰始终镇定自若，保持双翅平衡。但见它时而迎着疾风飞舞，时而顺着云层滑翔，似是把那狂风和乌云当成了游乐场。

这让邦金看得呆住了。她虽然一直视岩鹰为救命的神鹰，但还不知它有顶风驾云的本领。梅朵老师瞧着表情惊讶的邦金，趁机问："邦金，你那么崇拜岩鹰，你可了解它的习性和它的精神？"

邦金下意识地摇头。

梅朵老师就带着感慨的语气说道："岩鹰嘛，它天生就喜欢迎接挑战，大风就是它生存的战场。风越是大，它越是飞得有力。它迎风而上，又勇猛又坚定。你想嘛，没有一种动物会把恶劣的环境——会把困境当成成功的背景，但是鹰可以！在狂风暴雨面前，它更能显露英雄本色！"

这样的感慨之言似乎还是深奥了些，邦金却听得两眼发亮。是的，但凡对于神鹰的赞叹都会令她心怀感激，因为是神鹰给了她第二次生命！

梅朵老师手指岩鹰飞翔的方向，再问邦金："你看，你仔细看，风那么猛烈，云那么汹涌，但岩鹰不会放弃飞翔，它飞得那么奋力。你看它那姿态，总是在努力着迎风而上，你知道为什么吗？”

邦金已经沉浸在梅朵老师这饱含力量的讲述中了，她摇了摇头，用期待的目光等着梅朵老师给出答案。

“因为飞翔也有飞翔的规律。它懂得，在暴风雨面前，迎风而上，才会越飞越高；顺风而下，只会越落越低！”梅朵老师坚定地说。

邦金开始懵懵懂懂地点头。梅朵老师趁热打铁，盯着邦金大声质问：“邦金！你那么敬仰岩鹰，你也在真诚地呼唤它，难道仅仅只是呼唤，事实上却口是心非？”

“我没有，老师！”邦金慌忙为自己辩解。

“没有口是心非，那么，在困难面前，你敬仰的岩鹰会迎风而上，你呢，为什么不向它学习？”

邦金被问得哑口无言。

梅朵老师继续说道：“记住，邦金，只要你心有崇拜，你的目光和你的想法，时时刻刻都应该向你崇拜的对象——岩鹰学习，你做到了吗？”

邦金眼里已被逼出了泪水。“老师，”她伤心地说，“老师，我学不好知识、跟不上班，我也不知道怎么办！”

“你学不好、跟不上，老师也在给你找原因嘛。原因找出了，老师让你去克服、去努力。我虽然言语过重了些，但就像这场大风，它不应该压倒你的，对吧？”

“老师……”邦金说不出话了。

梅朵老师见此，适时地缓和了语气——

“哦呀，孩子，你要明白，包括彩嘎娘娘，包括我，我们这么长久地关心你，是为什么？是因为我们都知道你是一个优秀的孩子、有希望的孩子。

“哦呀，学习暂时跟不上班，你很着急，这我理解。但着急就要寻找解决的办法，而不是放弃！次旦只是暂时还不适应，但技师不是说了吗，等他适应了，他就能自由地站起来！

“哦呀，就说技师是陌生人，你不相信他，你连我也可以不相信；但你总得相信时间吧。举个例子：出生一个月时，你不会走路吧？一年后，你就会了。两岁时，你不会放牛吧？五岁时，你就会了。十岁时，你不识字吧？后来读书了，你连写信都可以了！

“哦呀，这就是时间。时间，最终会让你的阿弟站起来的。只要接下来你努力学习，时间，也会给你满意的成绩！”

梅朵老师循循善诱，如此一番意味深长的点拨，听得邦金终是低下了头。她又轻轻地喊了一声“老师”，便眼泪汪汪了。

梅朵老师上前来，伸手抹去她的满脸泪珠，顿了顿，语气便又像开玩笑一样轻松起来：“这大雨还没落下，你的脸上倒哗哗地下起来了。哦呀，走吧，我们回学校去！”

37

东月阿哥的好办法

第二天正好周六，没有课，邦金早早就起床了。就在昨天晚上，她和东月阿哥商量好了，趁着周六学校放假，他们要上山砍伐藤条、树木，在学校的院墙四周架起一道人工扶手，让次旦扶着它练习走路。

二人在山上挑选树木的时候，东月阿哥就带着得意的语气对邦金说：“小娃，当初我就说过用拐杖辅助训练的办法不会长久，你的梅朵老师却说那是医嘱，要遵守。现在怎么样，还是不行吧？”

邦金有些不放心地问：“阿哥，用扶手就一定行吗？”

东月阿哥语气肯定地说：“当然比拐杖好！你想嘛，拐杖要夹在腋窝里，腋窝里的皮肤太薄了，经不住长久摩擦。手掌就不一样，很厚实——天下的事落在我们身上，只需要脑壳和双手，就能做成嘛！”

邦金瞧着东月阿哥那满脸的信心，才放心了。“阿哥，谢谢你！”她感激地说。

东月阿哥回她道：“说什么谢嘛。只是，我们花费气力帮助你，你可不能让我们的气力白费了！”

邦金朝东月阿哥愣着神，没明白他后一句话的意思。

东月阿哥就问：“你说，梅朵老师对你好不好？”

“老师是我们的恩人。”

“那我对你好不好？”

“你是我的阿哥，我们是一家人！”

“那你说一家人会不会嫌弃一家人？”

“不会，阿哥。”

“那梅朵老师批评你，到底为什么，你可知道？”

“知道，阿哥。”

“那你不觉得应该好好学习吗？”

“阿哥……”

“我不多说了，就一条，今后我愿意为你做一切事，但前提是你得安心学习，好好学习。有本事，你考个全班第一给我看看！”

“全班第一？”邦金一听这话就惊得合不拢嘴了，“阿哥，我现在是全班倒数第一！”

“倒数第一怕什么嘛。在你之前，梅朵老师还遇到过一个娃娃，叫阿嘎，上学时比你还大嘛，坐在一年级的位置上都可以当小老师了，他就有点害羞，不想上课。梅朵老师看在眼里，就给他安排跨年级学习，就是一、二、三年级连着学。他是大娃娃，接受能力要比小娃娃强，后来通过努力，他一年就学完了三个年级的课程，还考上了县城初中呢！”

邦金听东月阿哥这话，就想起来，她刚进学校时，由于个头高，她有些自卑，不愿坐一年级的位置，梅朵老师当时就给她讲过阿嘎的事，才打消了她的顾虑。

这下邦金就有点动心了，心想：自己能不能成为第二个阿嘎呢？

这时，就听东月阿哥用肯定的语气鼓励她：“小学课本并不难嘛，你又这么聪明，只要上课专心一点，平时发奋一点，要不了多久，你就能赶上其他娃娃！”

邦金脸上露出喜色，追问：“阿哥，我真的可以吗？”

东月阿哥慎重地点头：“我相信你，就像相信菩萨一样！”

这话分量真是太重啦，邦金听得诚惶诚恐。

东月阿哥则又补一句：“但你要是做不到，你就是对不起菩萨！”

只用了两天时间，东月阿哥和邦金就把次旦的扶手做好了，围绕着学校的院墙整整一圈。这也惠及了其他孩子，扶手旁变成了全体学生课外活动的好场所。上课的时候，次旦被东月阿哥扶着，围绕扶手进行走路训练；下课时，同学们也会拉着扶手蹦蹦跳跳，把它当成单杠。这叫次旦的紧张感得到了缓解。

确实，过去给次旦造成心理紧张的主要原因还在于：在学校里，只有他一人架着拐杖，与众不同，这让他很自卑。自卑当然影响心情，进而影响他的行走训练。东月阿哥犀利地看出了这个问题，才想到这个集体共享扶手的办法。这样，一是避开次旦对于拐杖的不适应；二也让其他孩子融入次旦的训练，让一个人的孤独训练变成孩子们的集体活动，从而大大地缓解次旦的紧张情绪，消除了深埋在他内心的孤独与自卑。

38
时间会给你满意的答案

暮春的一个傍晚，校园里突然传来次旦响亮的歌声，是从学校下方的小河边传过来的。这太罕见了！正在给孩子们辅导作业的梅朵老师、邦金，以及其他孩子，都纷纷跑出学校，来到小河边。眼前的一幕叫他们不敢相信自己的眼睛：次旦不知什么时候走出了学校，东月阿哥没有陪在他身边，他竟是一个人站在小河边！是的，他独自站在那里，正在面朝河水放声歌唱：

远方的雪山啊，请你等一等吧，我要跨上大马，奔向远方的冰川，采一朵冰川上的雪莲呀……

远方的河流啊，请你等一等吧，我要赶上牛群，奔向远方的河流，喝一口河里面的清泉呀……

天上的云朵啊，请你等一等吧，我要乘风而上，奔向远方的天空，染一身天际边的彩霞呀……

这是邦金初到学校时，在音乐课上教同学们唱的一首歌。当时她唱着唱着，脑海中就显现出一个魔幻的场面：阿弟次旦突然站起来了，但见他跨上高头大马，挥舞马鞭，朝着雪山奔驰。当时她唱得泪流满面。

现在，那魔幻的场面成真了——阿弟竟然乐意开口，放声高歌，并且无须任何辅助，独自站在河边。这证明他的双腿已经适应假肢，不再疼痛——他真的站起来了！

邦金望着眼前这一幕，眼泪夺眶而出。她转过身，看到梅朵老师微笑着上前来，语气柔和地安慰她：“别哭嘛，我都说过了，时间会给你满意的答案。”

“妈妈！”邦金突然这么喊了一声，扑进梅朵老师怀中。

梅朵老师抬头望望天空，她以为邦金是在呼唤天上的阿妈。但接下来，她听到前方的次旦也冲着她喊了一声：“妈妈！”

梅朵老师惊讶地瞧着姐弟俩。猛然间听到这么特别的称呼，她一时还回不过神来。

这时，只见河坝子那边，东月阿哥笑着朝这边走来，一边走一边打着响亮的口令：“啊呵呵，啊呵呵——”

梅朵老师这才明白，姐弟俩真真切切是在喊自己啊！

从小河边返回学校后，邦金就开始认认真真地打扫教室，把教室最后一排那落满灰尘的座位擦得干干净净。那是次旦之前坐过的位子，后来因为练习行走，他已经很久没有进教室。现在次旦已经七岁，可以正正规规地上一年级了。

邦金自此开始了紧张的跨年级学习，就是同时学习小学各年级的课程。因为她上学太迟了，如果再从基础知识慢慢学习，到上初中时年龄就太大啦。

因为基础不好，又是跨年级学习，邦金经常会遇到很多难以解答的问题。每每遇到，她都需要去请教她的梅朵妈妈。这真是一件让她特别歉疚的事。因为当你真心地爱着你的阿妈，你就会想尽一切办法为她减轻负担，而不是一味地给她添麻烦。

这天夜晚，邦金做作业时又遇到一道自己无法解决的难题。她像往常一样拿着作业本去找梅朵妈妈。但到梅朵妈妈的房门前时，她却看到房门紧闭；贴着门缝往里看，屋里也没有灯光。梅朵妈妈睡了吗？邦金心想。这才晚上九点多，按平时的作息时间，梅朵妈妈是不会这么早睡觉的。那肯定是白天累了，她想熄灯打个盹儿吧。邦金就拿着作业本下了楼，在院子里找个地儿坐下来，眼睛盯着梅朵妈妈的房门，想等那屋里灯一亮，她就上楼去。

39
小老师

邦金就这么坐着、望着，过了十几分钟，她看到东月阿哥也到院子里来了。东月阿哥瞧邦金独自一人坐在那里发呆，有些吃惊，走上前询问：“小娃，你坐在这里干什么？”

邦金不好意思回答。

东月阿哥瞧邦金眼盯着梅朵老师的房门，就问：“是想找你的梅朵妈妈吗？”

邦金点头。

东月阿哥想了想，再问：“你可有什么事？”

邦金先是点头，过后又摇头，心想：东月阿哥又不识汉字，跟他说了也没用。

东月阿哥责备她：“到底有什么事，你就不能跟阿哥说说吗？”

邦金才吞吞吐吐地说：“我有一道数学题不会做。”

东月阿哥笑起来了，建议她：“不会做，你可以找卓玛嘛。”

邦金不答话。

东月阿哥就解释：“我看卓玛成绩好，可以当你的小老师！”

邦金听得有些别扭，心想：卓玛个头没我高、年龄没我大，这要是喊她小老师，我的颜面往哪里放呢？于是她就不动身，不想找卓玛。

东月阿哥自然看出来了，当即问：“小娃，你说什么样的人才算是老师？”

邦金说：“梅朵妈妈那样的才是。”

东月阿哥摇头道：“不完全对。不管做什么事，你不会，但别人会，别人就是你的老师嘛。”

邦金不作声。

东月阿哥再提醒她：“你还记得吧，你刚来学校时，也做过小老师！”

邦金一听这话，就有点骄傲了，心想：那时全班就数我的歌儿唱得好，所以逢上音乐课，梅朵妈妈就让我当小老师，其实凭的也是真本领——是啊，自己遇到难题不会做，如果卓玛会做的话，那也是她的真本领嘛！

反过来这么一想，邦金像是开窍了。

东月阿哥趁势说：“所以嘛，自己遇到的难题就要自己解决，解决不了的就找其他娃；其他娃再解决不了的，才找你的梅朵妈妈——小娃，你的心多多好，脑壳又多多聪明，那只要勤快（努力）一点，没有学不会的！”

邦金若有所思地望着东月阿哥，缓缓点头。

东月阿哥再接再厉道：“哦呀，娃娃读书这个事，就像我们喝的酥油茶，放在锅庄上，有人先喝了它，有人后喝了它，你能说后喝的人就是笨蛋吗？”

“当然不能这么认定。”邦金在心里回答。她又想起刚才她出门时，卓玛还在问：“邦金，你去哪里呀？”她不好意思回答，是怕卓玛会在心里笑话她。

看来，是自己想得太复杂了！

第七章

40

青稞快要成熟了

每年一到青稞收割时节，梅朵老师的碉房学校就会非常热闹，会有很多红衣小扎巴来到学校，和孩子们一起收割青稞①。但是今年有些例外，还未到青稞收割时间，学校里就提前热闹起来了。原来，经过三年刻苦的跨年级学习，邦金不输当年的阿嘎，竟以全乡第一的好成绩，考上了县城初中！所以，在她去县城的新学校报到之前，校园里陆陆续续地来了好些祝贺的人。

他们大多是邦金家草场周边的牧民，有些是碉房学校附近的麦农。这些人来学校，一是给邦金送祝福来了；二是在送祝福的同时，表示要

①梅朵老师的碉房学校拥有一片青稞地。利用课余时间和假期，梅朵老师会带领学生播种青稞。收下的青稞正好供应给学校，孩子们的生活基本能自给自足。

帮学校做些活计，比如修缮学校的院墙、收割快要成熟的青稞；第三，也是此行最为重要的目的，希望梅朵老师能收他们家的孩子进碉房学校读书。

这天，碉房学校又陆续来了几位牧民。他们像是事先约好了，进校园后，先是真诚地给邦金送上祝福，之后就急切地向梅朵老师表示，希望能为学校做点活计。几位心情迫切的牧民当中，有一位便是邦金家草场上的尼玛大叔。尼玛大叔首先跟梅朵老师卖起了旧情，这么对她说：“梅朵老师，你还记得当年我们参加斗牛大会吧，邦金家的真实情况还是我告诉你的！”

梅朵老师自然记得，当即对尼玛大叔发出感慨：“是啊，尼玛大叔，算起我和邦金的缘分，真得感谢您哪！是您的功劳！”

尼玛大叔满意地点头，热情地说：“哦呀，你一千里一万里（不远万里）地来到我们草原，帮助我们的娃娃，我们心里感激嘛，这次来学校就是想问下，今年学校的青稞什么时间收割？我家人手多，到时可以过来帮忙。”

尼玛大叔话音一落，其他几位牧民就跟着异口同声地响应：“哦呀，我们也是十分感激，你帮助我们的娃娃，我们也要帮助学校！”

梅朵老师心里就在窃笑了，她其实早已知晓牧民们的想法，所以直言：“各位大叔，你们有事就直说，我们可是一家人呢！”

尼玛大叔便瞧着站在一旁的邦金，带着骄傲的语气夸赞她：“你是我们草原上的小英雄嘛。”

邦金有些害羞地冲着尼玛大叔抿嘴而笑。尼玛大叔继续夸赞道："当年我们去参加斗牛大会，我说是为了赢得草原荣誉，你却说只想赢回一头小牛。现在我看出来了，你是给我们草原赢得了一个大荣誉哇！考了全乡第一，你真是个争气的女娃！我家旺堆以后要好好向你学习！"

尼玛大叔说完这些，才转头对梅朵老师道出此行的目的："梅朵老师，旺堆是我的小儿子，之前在乡里上过两年学又跑回来了，现在我想送他到你这里来继续上学。"

梅朵老师先是朝尼玛大叔点头，之后则委婉地说："尼玛大叔，谢谢您对我的信任。但我的学校太小，已经有十几个娃娃过来报名了，哪里安排得下呢？何况我们也没有专业的老师，教室是复合班，宿舍是床连床，条件实在跟不上！"

尼玛大叔把头摇得跟拨浪鼓一样："要什么好条件嘛，我们这里都是放牛娃，露天的帐篷都住过了，你这学校可比帐篷强多啦！"

其他几位牧民连忙跟着表态——

"就是嘛，梅朵老师，我们的娃娃不怕吃苦，就怕遇不到好老师！"

"梅朵老师，我家娃娃脑壳多多聪明，不上学就可惜了！"

"梅朵老师，我家娃娃很乖巧，保证听话，不会给您添麻烦。"

"梅朵老师，您就收下我们的娃娃嘛，今后我们大人也和学校是一家人！"

"梅朵老师，反正我今天来了，您不收下我家娃娃，我就不走了！"

牧民们你一句我一句，说到最后，承诺、保证和誓言都使出来了，听得梅朵老师感慨不已。她心想：这些牧民家的孩子过去也不是没有机会上学，那时公办学校的老师可是煞费苦心地上草原说服他们送孩子上学。但他们总认为读书无用，推三阻四，有些在心里还对老师的教学不大放心。现在能主动送孩子来碉房学校，就是因为看到邦金只在学校念了三年，竟然考出了好成绩。这对牧民们的冲击太大了，改变了他们“读书无用”的看法，燃起了他们心中对下一代读书成才的希望之火。

既然如此，何不趁机说服他们再把孩子送进公办学校呢？

41

梅朵老师的小心愿

梅朵老师这么一想，就笑着朝牧民们点头，招呼他们：“各位大叔别急嘛，你们先回去，容我考虑一下，过一天我再回你们的话。”

听了梅朵老师这话，几位大叔之前顾虑重重的面色立马放松了，他们二话不说，转身朝学校的青稞地走去。

梅朵老师一看就急了，赶上前问：“各位大叔，你们去青稞地干吗？这青稞还没完全成熟呢！”

尼玛大叔边走边大声解释：“不怕，梅朵老师，我们不是去割青稞，我们来时经过青稞地，看到里面的稗子太多啦，我们是去除稗子！”

梅朵老师听得感动，同时心情也有些复杂。望着牧民们走进学校的青稞地忙活开来，她知道，接下来她将要做一件非常费力又非常有意义的事。

她转身回学校，准备去一趟乡里的中心小学。这时，她听到邦金追上来问："妈妈，我们要不要烧壶酥油茶送到田里去呢？"

梅朵老师瞧着懂事的孩子，心里暖暖的，说道："哦呀，多放点酥油，烧一壶香浓的酥油茶。送去时，跟大叔们招呼一声，请他们回草原后给前几天到过学校的牧民们捎个话，让大家明天都来除稗子。另外——"梅朵老师顿了下，挨近邦金，"你再特别地跟尼玛大叔招呼一声，让他把草原上的说唱人扎西请过来，你就说，大家做活路，也要寻个加油打气的人热闹一下嘛。"

邦金有些吃惊，问："妈妈，我们还真让他们都来给学校干活啊？"

梅朵老师没有直接回答，而是充满信心地说："明天，我们要把所有牧民都喊过来。现在嘛，我要去乡里。"

邦金听得一头雾水，跟着问："妈妈怎么突然要去乡里呢？"

梅朵老师冲邦金神秘一笑："明天你就知道了。"

梅朵老师赶到乡里的中心小学时，正好碰到县教育局的更嘎主任正和中心小学的多吉校长谈工作。见梅朵老师进来，多吉校长热情地迎上前，给更嘎主任介绍："主任，就是她的学生，今年考了全乡第一名！"

更嘎主任笑呵呵地给梅朵老师道喜："哦呀，祝贺祝贺，我们的文殊菩萨①——刚才我在路上时就听几个牧民说，你是草原上的文殊菩萨！"

①智慧之神。

梅朵老师有些不好意思地回应："更嘎主任过奖了！我只是教出一个有希望的学生而已。是她让牧民们看到了读书的希望。所以我今天来，是想跟领导汇报一个想法。"

更嘎主任连忙说："汇报不存在嘛，是分享，分享！"

梅朵老师便把牧民们找到碉房学校的事给他们讲述了一遍，之后又给更嘎主任解释："主任，我想开办一个草原小课堂，免费给牧场上的孩子辅导功课。要是办成了，至少我们那个片区的失学儿童是有望走进公办学校的。"

更嘎主任一听"失学儿童"，语气急切地招呼："梅朵老师，请再具体地说说！"

梅朵老师便继续说道："我们那边的牧民之所以突然对孩子上学变得主动，是因为他们想把孩子送到我的碉房学校。如果要说服他们把孩子再送进乡中心小学，就得让他们明白，他们的孩子不管在哪个学校，都能让他们看到希望。我的办法是——由我来说服他们先把孩子送进中心小学，假期时我会上草原办一个课外辅导班。就是说，孩子们上学是在中心小学，放假回家就到我的草原小课堂学习，我做他们的课外辅导老师。这样久而久之，大人们的心也就踏实了。"

更嘎主任一边听一边点头："哦呀，哦呀，这是好事嘛！这样的好事，我们教育局有什么理由不支持！草原小课堂，只要你能办起来，需要什么，教育局一定支持！"

一旁的多吉校长思考了一下，语气担忧地提醒梅朵老师："确实是件好事，但是，梅朵老师，就怕到时你去做他们的工作，有些牧民脑子一根筋，一时半刻还转不过这道弯！”

梅朵老师胸有成竹道：“当然，这件事做起来是有些复杂，但草原上的说唱人扎西，他也许能想到办法……”

42
青稞跳舞

第二天，之前的牧民又到梅朵老师的青稞地除稗子来了，他们还带来了其他几位牧民。草原上的说唱人扎西也被尼玛大叔请过来了。他们接近青稞地时，就听到地里传出了跳锅庄舞蹈的曲子声；走近一看，只见梅朵老师正挥舞着双臂，朝着大片的青稞穗子打节拍呢。

走在前面的尼玛大叔就笑起来了，问：“梅朵老师，你在干吗呀？”

梅朵老师头也不回，大声回答：“我在指挥青稞跳舞。”

青稞跳舞？尼玛大叔并没有听明白。

梅朵老师这才扭过头，让尼玛大叔看前方大片的青稞田野：“大叔，你看嘛，它们不是在跳舞吗？”

尼玛大叔定神一看，就见前方那一大片金黄色的青稞穗子被风推动着，像是河里的波浪一样，此起彼伏，确实是像跳舞的模样。他才恍然大悟，只道：“哦呀，原来是这么个跳舞！”

其他牧民都跟着笑起来，接着便一头扎入这个庞大的“舞场”，开始拔稗子。

梅朵老师站在田埂上，高声招呼大家："各位大叔，你们拔稗子时步子可要慢一点哟，别打断了青稞跳舞嘛。"

这时牧民们都已经反应过来啦，知道梅朵老师这是在和他们说玩笑话呢！

这时，就见草原上的说唱人扎西走近梅朵老师，两个人悄悄地说了一会儿话，之后扎西就拉开了腔调，招呼他们："阿叔们，刚刚梅朵老师提了建议，让我说一个阿古顿巴的故事，大家可愿意听？"

尼玛大叔立马直起腰身说："那个是小娃娃们喜爱听的故事嘛！我们大人喜欢什么你是知道的！"

扎西当即就明白了，只说："哦呀，那我就来一段格萨尔长歌吧！"

于是一段《格萨尔大战雪山雄狮》的说唱，就像小河里的流水一样荡漾在青稞田野间了。

一段精彩的格萨尔长歌说唱完了，牧民们意犹未尽。有个牧民手拿拔出的稗子朝着扎西这边用力挥舞，请求他再说唱一段，但由于用力过猛，稗子被抛出了老远，压倒了好几棵青稞的穗子。梅朵老师便趁机开玩笑地招呼道："大叔您慢点嘛，说唱归说唱，别打断了青稞跳舞。"

扎西在一旁心照不宣地接起了这个玩笑话："哦呀，梅朵老师，每棵青稞都喜欢跳舞，只要你不去打断风的脚步，就打不断青稞跳舞嘛！"

牧民们一听，都跟着哈哈笑起来了。这个在问："风的脚步谁能管得住呀？"那个在回答："我们可没有这个法力！"这个又在接着问：

“那谁有这个法力嘛？”那个又在接着回答：“刚才扎西师傅不是说了嘛，风的脚步，除非是梅朵老师去打断！”

有个牧民趁势，还话里有话地给出了总结：“哦呀，就是！我们的娃娃要想上学，就看梅朵老师会不会打断了！”

梅朵老师听了，不由得心中窃笑。于是她面对牧民，直截了当地问道：“好吧，那我就问一句真心话——你们真是想让娃娃们上学吗？”

牧民们一听，纷纷说道：“怎么不是真心的？梅朵老师您看，我们这都过来两回了！”

梅朵老师便和牧民们来了个“绕口令”：“哦呀，那我跟你们也说说真心话——你们看嘛，每棵青稞都喜欢跳舞，风一吹它们都会跳起来；就像我们的娃娃，只要老师教书，他们都会学起来！老师教书嘛，就好比我们给青稞施肥——你家有块青稞地，你不会只喜欢东边的青稞，而不喜欢西边的青稞。你也不会因为只喜欢东边的，就给东边多施肥料；不喜欢西边的，就给西边少施肥料。你肯定是一整块地都很喜欢，也希望一整块地都能长出壮实的青稞嘛！”梅朵老师一口气说完这些，生怕牧民们打岔，继续道，“再说收割吧，一整块地的青稞，不管穗子是大是小，你都会一起收割回家的，不会只要大穗子不要小穗子，因为都是粮食嘛！老师们教书也是这样的，我们的碉房学校和乡中心小学也是一个模样的——老师们教书，都是希望每个学生都能学好，因为都是自己的学生嘛！那你们说，娃娃们在哪里上学是不是都一样？”

牧民们这一听，迟钝些的，当下就被梅朵老师绕住了；灵活点的，当场就发问：“梅朵老师，您这绕来绕去的，是不想收下我们的娃娃吗？！”

梅朵老师连忙摇头，解释道：“不是不是，阿叔，我是真心盼着娃娃们都能上学，但有个事实就摆在面前——我们的教室太小了，坐不下更多娃娃。”

这时扎西就跟着接话：“梅朵老师，教室小不怕嘛，你看我们有这么多人，力气多多有了，让我们来把教室扩大一些嘛！”

梅朵老师似乎是被扎西的话说服了，点头说：“扩大教室吗？这个，你让我好好想一下。”

梅朵老师就陷入沉思了。

牧民们经扎西和梅朵老师这么一对话，又都来了精神，围到梅朵老师这边来，等着她答复。

梅朵老师前思后想，好长时间过去了，才对牧民们说道：“既然要扩大，不如扩大到你们家门口去，这样娃娃们就更方便了！”

牧民们都一脸疑惑。

梅朵老师便耐心解释：“各位大叔，你们这样诚心地跑过来，图的不就是我乐于管教小娃子嘛，只要有我在，不管在哪里上课，是不是都可以呢？”

牧民们一听是梅朵老师亲自上课，个个点头，只说：“可以嘛！可以嘛！”

梅朵老师就说：“那不如这样，你们呢，先把娃娃送到乡中心小学去。

每个星期是七天，有两天是周六和周日，学校不上课，就是说，其实娃娃们真正在学校的时间只有五天。我在草原上再办一个小课堂，另外两天就由我集中地教娃娃。这样做有两个好处——第一，免了你们要送娃娃到我们学校来；第二，娃娃们回到草原上，还可以抽出时间帮你们赶牛哇——那就是学习和赶牛一个也不耽误了！”

牧民们一听又能学习又能赶牛，那真是太好了！他们你望我我望你，听明白的和没听明白的，都被这句话给吸引住啦！

于是，由草原上的说唱人扎西作为见证人，梅朵老师和牧民们当下就在青稞地旁商量好了：牧民们先送娃娃到乡中心小学读书，之后梅朵老师会把小课堂开到草原上去。由于彩嘎娘娘家的帐篷处在草原正中央，位置合适，草原小课堂就暂时开在她家的帐篷里。

第八章

43

寻找一束花接替

到邦金和卓玛上初二的这年，梅朵老师的草原小课堂已经开办整整一年啦。这一年里，梅朵老师、邦金和卓玛，就像是小河边的水经筒①，总是在不停地转呀转，只要有水就停不下来。因为梅朵老师答应过牧民，要上草原开办小课堂嘛，所以她得讲话算数，每个周六周日都要上草原去开课。这样，每到周末，她就没办法看管碉房学校了。可学校里还有那么多学生娃，仅一个不识字的东月阿哥在管着生活，孩子们也就管不住自己了，学习落下了很多。

无奈之下，梅朵老师只好让邦金和卓玛每个周六从县城赶回碉房学校。她俩虽然只上初二，但辅导孩子们的课外作业倒是没问题。这样一

①转经筒的一种。架在水上，由水流冲击而转动的经筒。

来，每到周六，梅朵老师要往麦麦草原上赶，邦金和卓玛要往碉房学校里赶，三个人不停地转呀转，没法停下。

这天，又逢周六，正当梅朵老师要出门上草原时，一辆皮卡径直钻到学校的院子里来。梅朵老师看也不看就知道是更嘎主任又来了，他把车径直开进院子里，定是又送来了孩子们喜欢的礼物。

果然，更嘎主任一跳下车就招呼道："梅朵老师，我们来啦！"

梅朵老师赶上前瞧瞧，只有更嘎主任一个人，怎么说是"我们"呢？

她一边问候更嘎主任，一边有些纳闷。

更嘎主任自然是看出来了，指着车斗里堆得满满当当的礼物，解释道："你看嘛，这些都是孩子们的阿爸阿妈托我送来的。他们上班没空过来，但他们的心意被我带来了！"

更嘎主任说完，就熟门熟路地朝着学校二楼的宿舍招呼："泽仁阿爸的小女儿、尼玛阿爸的大女儿、曲珍阿妈的宝贝儿子、拉姆措阿妈的宝贝女儿，你们还不快快下来，阿爸阿妈的礼物到啦！"

梅朵老师一听，不由得笑起来，抽身进了厨房，她要亲自给更嘎主任烧一壶酥油茶。

等孩子们领完礼物上了楼，梅朵老师端着热气腾腾的酥油茶走进学校客堂，就见更嘎主任像是变法戏似的，不知从哪里弄来了一束鲜花。

梅朵老师凑近一看，是黄、白、蓝三色相间的花束。她认出来，这其中蓝色的是绿绒蒿，钴蓝色的花瓣虽薄如蝉翼，却开得落落大方；黄色和白色的则是蒲公英。蒲公英太特别了——别的花凋谢的时候，总是以枯萎的姿态谢幕；蒲公英的花凋谢，则是以飞翔的姿态重生。如果蒲公英的花朵是黄色的，那是它们正在开放；当花朵由黄色变成白色、像棉絮一样毛茸茸的时候，它们就要独自去远行了——它们会借助一场风，各自飞到不同的地方，生根发芽，再次开花结籽。

也许更嘎主任正是因为觉得蒲公英如此奇特，才把它们采过来吧。他把花束插进客堂窗台上的一个空瓶子里后，先是独自欣赏了好大一会儿，之后才给梅朵老师解释："我上次来时，就看到你这里有只空瓶子，刚才在路上又见到这么好看的花儿，我就帮你摘过来了。"顿了一下，他又意味深长地感叹，"哦呀！这空着的瓶子，只要插点儿鲜花，立马就生机勃勃了，尤其是插上蒲公英——你看吧，只要有一场风，它们就会散落到窗外去，明年，你的窗外就是一片花海了！"

"谢谢更嘎主任，您真是太细心了！"梅朵老师感动地说。她知道更嘎主任这是话里有话，但她不知道怎么表达。

更嘎主任就直言："梅朵老师，你想过没有，草原小课堂，仅凭你一人的努力，迟早会停课的——你要像风中的蒲公英那样，把花籽散到四面八方去才行。"

梅朵老师感激地望着更嘎主任，她心中其实早已有了想法，被更嘎主任这么一提，她就顺势说出来了："更嘎主任，关于草原小课堂，我想跟您细细汇报一下。"

更嘎主任连忙朝她摆手："别客气，我不是早就听牧民们说过了嘛，你是牛场娃的文殊菩萨！"

梅朵老师有些羞愧，道出困难及想法：“小课堂我这边尝试办了一年，效果还是可以的，周边其他草原也想请我过去办一个。但我自己的身体不是很好，就连维持目前这个小课堂都有些吃力。所以我想再培养一些小老师，让他们去更多的草原开办小课堂。但这件事一旦开展起来，毕竟涉及教育嘛，不像我个人到麦麦草原那么简单。未来我这边要是能培养出小老师，教育局会支持这件事吗？另外，开办小课堂需要帐篷和教材，还有笔墨纸砚等，都是需要费用的。我的学校您也知道，只能勉强维持自身，要想把小课堂扩大到别的草原，就不是我一个人的能力可以办到的了。”

更嘎主任边听边点头，回答梅朵老师：“哦呀，你说的情况都是事实。办这样的小课堂对于草原孩子非常有意义。目前我们虽然还没有具体的相关政策，但最终都是在为教育扶贫服务嘛，所以你只要想到了，就先做起来，费用方面我们一定会想办法。另外，局里对你目前开办的这个小课堂也展开了讨论，总体认为，你这样每个星期跑草原不是万全之计。一到周末，你往草原赶，那两个大孩子，是叫邦金和卓玛吧，她们往学校赶，这样不但你累，还会牵涉到孩子们的安全问题。我们的建议是，草原小课堂可以继续办下去，但只在长假期间开课，这样既安全又能达到效果。”

44
衣袍背后的故事

当绿油油的青稞被染上一层灿烂的金色时，暑假随之而来。这是草原孩子最为期待的时节，因为这时的草原上会有举办不完的锅庄舞会，有时是在农区的麦田里，有时是在牧区的草场上，有时又是在小河边的草坝子上。也正是在这样的时节，碉房学校的孩子们流动性非常强。有些孩子会跟随大人走得很远很远，远到以梅朵老师一个人的精力根本追赶不上。

只有像邦金和卓玛这样的孩子，才会把碉房学校当成自己的家。学校刚放假，她们上午忙着在学校打扫卫生，一直忙到中午才结束。但二人回家心切，匆匆吃个午饭就赶往县城车站，坐班车回碉房学校。到达时，天都快黑了。

夜幕中，二人背着大包小包走进院子，一进来，就看到梅朵老师站在二楼的阳台上朝着她们微笑，招呼她们："哦呀，都回来啦！回房间把包裹放好，再到我的房间来一下。"

二人听后都有些迫不及待，"咚咚咚"地跑上楼回房间丢下包裹，又赶紧来到梅朵老师的房间。

一进门，她们就闻到了酥油茶的香气，看到梅朵老师已经给她们分别倒了一碗。

"喝吧，都饿了吧？"梅朵老师一边招呼一边又给二人各递上一块热乎乎的酥油饼，“这是刚做的嘛，你俩趁热吃！”

经过一下午的长途颠簸，邦金和卓玛都有些饿了，埋头又吃又喝，像两头小牛似的。一旁的梅朵老师看着，怜爱地笑了。

等二人吃饱喝足，梅朵老师便起身，打开身旁的一只衣箱，对她俩说：“哦呀，你俩这学期功劳大嘛，每星期都要赶回来。照顾小娃娃很累就不说了，卓玛你还一路晕车，晕车多难受啊！但你还是坚持下来了！”

卓玛不好意思地说：“老师，晕车才好呢，一晕就睡着了，一觉醒来就到家了！”

邦金跟着接话：“是嘛，妈妈，她就是不喜欢看到没有树的草原，所以她一晕就晕回来啦。”

梅朵老师用温柔的目光打量着两个孩子，她俩在这一年的奔波中倒是长高了不少，但越发清瘦了。她怜爱地笑着说：“哦呀，这一年跑来跑去，消耗了不少体力，我看你们越发清瘦了！不过也好，这样穿起衣袍来会更好看！”说着，她从箱子里拿出两件新衣。

两件崭新的氆氇袍子！都是格桑花的颜色、绸子的面料，搭配一条五彩邦典，看起来又清爽又靓丽，叫人喜爱。

“妈妈，这是给我们的吗？”两个人都一阵惊喜。

梅朵老师点头说：“来，我帮你们穿上。”

邦金便先上前来。

“来，举起双手。”梅朵老师语气柔和地招呼着，将邦金的头套进衣袍，又摊开双手分别揽在邦金的腰身两侧，就像是拥抱那样，帮着邦金合拢衣袍。

邦金此时的身子变得像水草一样柔软，由着梅朵老师紧紧地拢住衣袍，她感觉自己变成了阿弟次旦——当年梅朵老师第一次帮次旦穿新衣时，次旦还不能站立，梅朵老师便把次旦抱到帐篷一侧那高高的牛粪堆上，让次旦伸直双手，套进氆氇袍子的袖子，又抱着他，为他系上彩色腰带，用绲着金丝边的漂亮衣摆遮住他那两条残缺的腿，让他像个健康的孩子一样坐在牛粪堆上……现在,次旦再也不用梅朵老师抱着穿衣了，他已经成为一名能够完全独立生活的学生！

邦金一想起这些，心里就感觉无比温暖。这时，梅朵老师已经帮她穿好了衣袍，又接着帮卓玛穿戴了。

到两个人的新袍子都穿上身后，梅朵老师就站在一旁，一边端详一边笑着说："人靠衣装，菩萨靠金装，哦呀，穿上新衣袍，你俩就像盛开的格桑花嘛！"

两个人听了心里美滋滋的，邦金还特意冲着梅朵老师挺立身子，展开双臂在她面前旋一旋，等着再次获得夸奖。

这时却听梅朵老师陡然地冒出了一句："你们说，这么漂亮的衣袍，要是被人从胸口上突然剪下一块，你们舍不舍得？"

两个人顿时愣住了，不明白梅朵老师想要表达什么。

梅朵老师就进一步解释："我是问，假如现在别人正需要一块绸料，但是他没有，你们可舍得从新袍子上剪下一块送给他？"

“妈妈……”邦金睁大了眼睛，又惊讶又不知所措。

卓玛也凝住了面色。

梅朵老师便提醒她们：“我是说，假如。”

两个人还是听不懂，朝梅朵老师张着嘴，不知道怎么回答。

梅朵老师笑着说：“那我给你俩讲个故事吧。”

二人一听，悬着的心才放下了。邦金好奇地问：“妈妈，是真实的故事吗？”

梅朵老师点头：“是的！总有一天，我要带你俩回我的家乡，看看那被镌刻在文化碑上的真实的故事。”

邦金急切地催促起来：“妈妈，您快说吧。”

梅朵老师便开始了长长的讲述：“在我家乡的文化广场上，耸立着一座很大的石刻浮雕。浮雕上记录着一段‘裁襟励子’①的佳话。这是一个告诫人们要尊师重教、言而有信的感人故事。故事的主人公名叫苏蕙华。她出身书香门第，从小就接受了良好的教育。长大后，她嫁给了当地的一位名士——江百川。他们生了三个儿子，大儿子名叫兴汉。一天，兴汉从私塾读书回来，对母亲说，塾师家的孩子出生一百天，师母要给孩子拼做一件五彩围兜——五彩围兜你们可知道？”梅朵老师问。

邦金想了想，说：“是不是和我们的五彩邦典一个模样？”

①“裁襟励子”是民国时期发生在安徽省桐城市的一个真实故事。故事的主人公苏蕙华女士，是本书作者的祖母。

梅朵老师点头又摇头，解释道："说相同吧，它们除了用来装饰，都有防寒耐脏的作用。说不同吧，就是邦典是系在腰身中间的，围兜则系在脖子下方。并且，过去我们那里做五彩围兜有很深的寓意。像兴汉的师母家，他们为孩子做一件五彩围兜，就是祝愿孩子将来健康成长。这就需要一块红色的布角，缝在围兜的正中间——红色代表吉祥如意嘛！但当时师母家里没有红布角，她只好走进学堂，问学生们家里可有。当时兴汉正在上学，就随口答一句，说他家里有，可以送一块给师母。但等他回家告诉母亲后，母亲翻箱倒柜地寻找，却找不到一块红绸布！"

"那怎么办呀？"邦金听得着急了。

"兴汉的母亲也着急嘛！怎么办呢？你要说家里有，那根本就没有！但要说没有，家里还有一件她结婚时娘家陪嫁的大红绸子的嫁衣。这嫁衣她只在结婚的当天穿过一次，后来一直舍不得穿，珍藏了好多年。所以，当母亲手里拿着剪刀，要从嫁衣上剪下一块红绸布时，那是真的舍不得呀！因为在旧时，我们当地的习俗，女人的嫁衣具有特殊的纪念意义，被视为全家的吉祥之物，如果被人为地剪破，那会给全家带来厄运的，母亲哪敢随便剪破它呀！但她转念一想，儿子都已经答应了师母要从家里带一块红布角过去，如果最终没有带到，那就失信于师母了！为了言而有信，母亲只好狠下心，毅然从嫁衣上剪下一块红绸布，递给呆立在一旁的儿子，让他送给师母。后来这件事被兴汉的师母知道了，师母一家特地登门致谢。兴汉的母亲却告诉他们：'我不是不爱惜嫁衣，这样做是为了教育孩子一要尊重老师，二要说话算数，三要成人之美。

一襟而全三教，我倒要谢谢你们呢！’”

45
轻轻颤抖的卓玛

听梅朵老师说完这个感人的故事后，邦金下意识地用手护着身上的新衣袍，非常感慨地说：“妈妈，我知道您刚才为什么问我可舍得剪下新衣了！”

“不，我还不是这个意思！”梅朵老师摇头。

邦金不理解地望着梅朵老师。

“你们知道故事的主人公是谁吗？”梅朵老师问。

邦金和卓玛都跟着摇头。

“是我的祖母嘛，也就是你们的太奶奶！”梅朵老师庄重地介绍。

邦金一听就乐开了：“啊！是太奶奶！妈妈，您怎么不早说呀，这太令人骄傲了！”

“哦呀，是的，但我不是为了让你们骄傲才说出这件事情的！”梅朵老师话里有话地说。

邦金和卓玛都在盯着梅朵老师，等她继续。

“知道吗？从开办碉房学校起，我就在不停地生病。但是我没有离开碉房学校，你们知道为什么吗？”

两个人跟着点头，又跟着摇头，她们心里明白，但又说不出来。

梅朵老师直言："因为当初我答应过牧民，要把学校办下去，就像我的祖母'裁襟励子'一个模样——答应的事怎么能反悔呢？！"

两个人又都跟着齐刷刷地点头了。

"但是现在，有一个承诺，我可能无法完成，要失信了！"

两个人一听，心又跟着提了起来。

梅朵老师则继续说："你们知道尼玛大叔家的旺堆、泽珍娘娘家的加央，为什么能继续上学吗？因为当初我承诺过，要到牧场给他们上辅导课，所以我每周都在坚持。但是今年暑假，我怕是不太行了！"

"妈妈，其实您去年就有些吃力了！牧场上海拔太高，您天天在帐篷里生病，太危险了！我有次用心地听了您的课，其实给小娃娃们的那些辅导，我也会呢……"邦金欲言又止。

梅朵老师盯着邦金，等她继续。

邦金就说："妈妈，如果小娃们的假期作业我都会做的话，我能不能接替您去给小娃们上课呢？"生怕梅朵老师不同意，邦金紧接着又做出一连串的解释，"除非我是个学生，小娃们的家长不会接受，不然就没有别的事可以难到我了。吃的嘛，不用花费太多，一袋糌粑就可以管上我一个暑假的生活；住的嘛，睡在哪里都行，就是睡在星光下也没问题——睡帐篷就更不用说了，我可是从小就在帐篷里睡大的！不说天气好的时候，就是大雪中的帐篷、电闪雷鸣下的帐篷、伸手不见五指的黑夜里的帐篷，我也能呼呼大睡，连梦都扎不进我的睡眠中！"

邦金说星光、说帐篷、说黑夜、说做梦，说得那么轻松，她定是陷入对过去的回忆中了。但她身旁的卓玛一听到“星光”二字，身体就轻微地抽动了一下；再听邦金说起帐篷、黑夜和做梦，卓玛的整个身子都跟着微微颤抖了！之后她就把目光移开，低垂着头，不看邦金和梅朵老师了。

这个样子是梅朵老师从未见过的。这下，梅朵老师被她搅糊涂了。本来在听到邦金那急切的表达后，梅朵老师是要顺势表扬邦金的，但现在她的注意力都被卓玛微妙的变化给占据了，所以对邦金提出的接替自己的请求，她没有点头，也没有摇头。

这时卓玛开始解下新衣袍的腰带。

梅朵老师招呼她：“穿着吧，这么漂亮的衣袍，为什么要脱下来呢？”

卓玛小声解释：“老师，我想等跳锅庄的时候穿。”

梅朵老师就对她说：“好吧，天黑了，开灯吧。”

卓玛走到门边拉电灯，但是停电了。她只好又走到窗台边上，点起了一盏酥油灯。酥油灯微弱的火苗被窗外扑进来的晚风吹动着，忽闪忽闪的，就像此时卓玛的心情，也在起伏不定。

邦金也迷惑不解，到睡觉时她都想不通，刚才自己说要接替梅朵妈妈上草原开办小课堂，卓玛怎么不响应呢？卓玛学习好，到初中后成绩每次都超过自己，且又是个勤快的伴儿，平时不怕苦不怕累，不管是在碉房学校还是在县城初中，什么活儿她都会抢着干；并且胆子也挺大，记得有个夜晚，她还一个人跑到学校下方的森林里去了呢！

后来邦金问她到森林里去做什么，她说找妈妈。邦金就不明白了，这么一个不怕苦不怕累又不怕黑夜的人，为什么不能和自己一起回草原开办小课堂呢？

第九章

46

阿古顿巴小课堂

八月，邦金的草原小课堂如期开班了。这是梅朵老师上草原开办小课堂的第二年，邦金独立开课。过去，梅朵老师开课时，借用的是彩嘎娘娘家的黑帐篷，但生活和上课混在一起，总有些不安静。到邦金这次开班时，得到了县教育局的支持，小课堂已经从彩嘎娘娘家的黑帐篷搬了出来，变成了独立的帐篷小课堂。同时，彩嘎娘娘家也不再使用过去的黑帐篷了，政府给她家安置了一顶雪白漂亮又防风防雨的大帐篷。她的黑帐篷嘛，就用来关小牛了。邦金还听说，政府已经在修建牧民定居点，不久，彩嘎娘娘就会拥有自己固定的房子了。

邦金这学期一共给十三个孩子辅导功课，包括尼玛大叔家在公办学校读五年级的旺堆。邦金安排自己每天给孩子们上三个小时的辅导课，其他时间就用于复习自己的功课。

这当中，旺堆只上了一节课就擅自跑了。第一次上课就有学生逃课，邦金非常难过。傍晚，辅导课结束后，邦金匆匆赶到尼玛大叔家的草场。远远地，她看到旺堆正在帮着家里赶牛。她就赶上前质问："旺堆，为什么不去上辅导课？你的成绩并不好，如果假期还不努力，这一丢又是一个月，等你再回学校，就跟不上班了！"

旺堆理直气壮地说："我跟不上班也没办法，你又不是梅朵老师，你也是娃娃，怎么可以辅导我嘛！"

邦金说："那好吧，不跟你谈，我找你阿爸去！"

旺堆笑道："你去找吧，我阿爸也是这样说的。"

邦金一听，并不惊讶。确实，之前都是梅朵老师亲自上草原给孩子们辅导功课，大人们对梅朵老师的辅导十分信任。但现在换成她，她还是个学生，包括尼玛大叔在内的很多大人，自然对她是有些不放心的。但自从决定开办草原小课堂，她就已经想过会遇到这样的困难。因为将心比心，过去梅朵老师让她上学，她不愿意、不配合，梅朵老师也是下了很大功夫才把她带进学校的。所以现在她也得想办法坚持。

她找到旺堆的阿爸，就是尼玛大叔，这么告诉他："大叔，我只教学习比我差的娃娃，您对我不放心，那在这草原上，您对谁放心呢？如果您能找到比我更好的老师，就让他过来——"邦金把课本往尼玛大叔面前一摊，"这是旺堆的课本，就这本书，您可以提任何问题，我答不上来，我就不教了。或者有谁答得比我更好，我也不教了。但如果你们都比不上我，那就让旺堆老老实实上课吧！”

尼玛大叔一听邦金这话，觉得也有几分道理，就想：过去邦金可是以全乡第一名的好成绩考到县城去的，这又经过了两年时间的学习，能力应该是可以的吧。于是他松了口，对旺堆说：“小娃，还不快跟你的邦金阿姐去补上今天的课！”

旺堆见阿爸松口了，只好点头，跟着邦金走了。

但是第二天，又不见旺堆来帐篷了。邦金就坐在帐篷里思考：第一次他不来，说一个道理让他来；这要是再去找他，就需要拿出不同的道理才行。但哪有那么多不同的道理呢？再说，天天这样通过说道理让他来补习功课也不是办法，最好是想个法子让他自己主动来上课才好。

过了一天，孩子们再来上课时，就发现草原小课堂的帐篷外挂了一个牌子，上面写着：“阿古顿巴小课堂。”

上课前，读三年级的小女孩加央就问邦金：“阿姐，我们这里为什么叫阿古顿巴小课堂呢？”

邦金反问她：“阿古顿巴你不知道吗？”

加央点点头表示知道；其他孩子也都点头，但又都表示，只听大人们说过这个名字。

邦金就带着点拨的语气问：“阿古顿巴是草原上最善良、最聪明的人，他身上的故事多多有了，你们有没有听过？”

孩子们个个摇头，就像他们都知道格萨尔王的名字，但很少听到有关格萨尔王的故事一样。

“所以嘛，阿古顿巴的课堂就是讲故事的课堂。你们进来上课的同时，每天都会听到有趣的故事！”邦金笑着解释。

“那阿姐现在可以给我们讲一个吗？”加央立马请求。其他孩子一听，个个提起了兴趣。这个说：“阿古顿巴这名字我知道嘛，但没有听过他的故事。”那个说：“我好想听到阿古顿巴的故事啊！”

邦金示意孩子们安静，点头答应：“好吧，我原本是想上完课再讲，但今天就先破个例，讲一个阿古顿巴的故事。”

47

明天的故事，躲在今晚的星空后面

孩子们立马安静下来，都用手托着小脸，急切地等待着。

邦金沉思了一会儿后，便清了清嗓门，拉开了腔调——

“美丽的大草原上，知玛小孩和顿珠小孩正在玩着抓石子的游戏。这时，草原上的宗本老爷家来人了，告诉知玛，让她赶快回家传话给她阿爸，明天必须到宗本老爷家，还清宗本老爷家的债务！”

“知玛是谁？宗本老爷是谁？”加央好奇地插话。

邦金解释道：“知玛是过去草原上穷人家的女儿，宗本老爷是那个时期的大地主。当天，知玛回家后就把宗本老爷催债的事告诉了她的阿爸次仁。次仁知道宗本老爷贪婪霸道，他如果独自一人去宗本老爷家，肯定不知道怎么应付宗本老爷。于是，他喊上足智多谋的阿古顿巴陪他一起去。到宗本老爷家后，次仁诚恳地对宗本老爷说：‘老爷，我欠您五个银币，先还两个，剩下的等凑齐了再还。’宗本老爷不高兴地说：‘什么？五个银币？加上利息，你要还我十个银币！’一旁的阿古顿巴立即质问宗本老爷：‘五个银币一年的利息才有一分，老爷这是怎么算的？’宗本老爷强硬地说：‘这是我的地盘，我说多少就多少！限你三天之内还清，不然对你不客气！’次仁一听就着急地瞧着阿古顿巴。阿古顿巴示意次仁先回去，他会想办法。”

“阿古顿巴可想到办法了？”加央又急切地问道。

邦金朝加央摆手说：“别急嘛加央，让我慢慢讲——第二天，宗本老爷在路上遇到了阿古顿巴，就问他：‘次仁家可把我的钱准备好了？’阿古顿巴回他：‘准备好了，请老爷到他家里去拿吧。’宗本老爷很高兴，转身要去次仁家。阿古顿巴却拦住他说：‘请老爷等一下！老爷难得亲自去一趟，我让白马少年先给次仁家的女儿知玛带个信，就说您要来了，让她准备一些好吃的招待您！’宗本老爷不解地问：‘什么白马少年？’阿古顿巴从怀里掏出一只白兔，说：‘这就是白马少年。’说着，招呼白兔，‘白马少年，请你去告诉知玛，让她准备一壶香浓的酥油茶、两盘肉包子、一盘干牛肉，我和宗本老爷随后就到。’说完，放出白兔。”

“那白兔真的会传话吗？”加央好奇地问。

邦金笑着说：“宗本老爷也是这么问的！阿古顿巴告诉他：‘是呀，它当然会传话了，老爷您就放心跟我走吧。’两个人来到知玛家，进院子一看，桌子上果然摆了酥油茶，还有包子和牛肉！知玛怀里抱着白兔，热情地给宗本老爷解释：‘老爷，白马少年回来传话，说您要来，我就给您烧好了酥油茶。’宗本老爷满脸惊讶，问知玛：‘你阿爸呢？’知玛指着山上说：‘阿爸放牛去了，我这就让白马少年喊他回来。’说完，把白兔放到院外去。宗本老爷惊讶不已，问阿古顿巴这白马少年是从哪得到的。阿古顿巴得意地说：‘这个嘛，还得从去年冬天说起。有天我到雪山上采药，救了一只白兔，可没想到之后我一脚踩空，抱着白兔掉下山崖。我醒来后，发现是山神救了我。山神告诉我，这只白兔是人间的护法神，它可以日行万里，代人传话。之后，山神用仙酒和仙桃招待我，并将白兔送给了我。’”

“太神奇了！”加央感叹不已，她和其他孩子一样，听得两眼放光。

“是啊，宗本老爷也觉得神奇，当下就问知玛：‘这白马少年除了会传话，还能做什么呢？’知玛介绍说：‘它不但能传话，每次我们吃饭时，它还能从山神那里取回一壶仙酒和一只仙桃呢！’说着，她的阿爸次仁回来了，怀里抱着白兔。看到宗本老爷，次仁就向他解释，说是白马少年传话让他回来的。宗本老爷越发觉得神奇，当即提出要买下白马少年。”

“宗本老爷真要买走白马少年啊？”加央有点舍不得地问。

“当然。经过一番讨价还价，阿古顿巴同意用十个金币把白马少年卖给宗本老爷，并让他当场立下字据。字据的内容就是宗本老爷买了白马少年后，不论发生什么，都不能反悔，同时还要求他答应减免知玛家的债务。宗本老爷为了得到白马少年，迅速立下了字据，之后又生怕阿古顿巴反悔，抱着白兔匆忙跑回家。一进门，他就学着阿古顿巴的样子对白兔说：‘白马少年，快去帮我到山神那里取十壶仙酒、十个仙桃回来！’说完，他也像阿古顿巴和知玛那样，放下白马少年，任它跑出院门。”

“后来呢？”加央急切地问。学生们也都有些紧张了。有个小娃已在替阿古顿巴后悔，说真不该把白马少年卖给贪心的宗本老爷，因为知玛说白马少年可以从山神那里取一壶仙酒，宗本老爷却要取十壶！

邦金一听就哈哈大笑起来，说道：“但是呀，左等右等，直到天黑，宗本老爷也没有等到白马少年回来——原来呀，阿古顿巴之前是用了三只白色的野兔，第一只是自己在宗本老爷面前放走的，第二只是知玛在宗本老爷面前放走的，第三只是知玛的阿爸从外面抱回来的。你想嘛，白马少年其实就是三只野兔，它们跑了怎么可能回来嘛！这时宗本老爷才知道上了阿古顿巴的当，气得两眼冒金花，当场晕倒在地。哈哈！”

邦金讲完忍不住又哈哈大笑。孩子们一听，觉得又解气又过瘾，也都笑得四仰八叉。等他们的笑声停下时，邦金就大声问他们：“这个阿古顿巴的故事，有趣吧？”

“有趣！”孩子们异口同声地回答。

“那你们明天还想听吗？”

“想听！”孩子们一个个盯着邦金，回答得坚定，目光充满期待。

邦金笑着招呼：“哦呀，阿古顿巴的故事多多有嘛！还有他怎么和神鹰交朋友，怎么和小狗嘎嘎成为一家人，怎么帮助穷人一起对付宗本老爷，我就一天说一个——等着吧，明天的故事，正躲在今晚的星空后面，要等到明天上完辅导课之后，它才会出来。”

48
帐篷后面的少年

第二天上午，阿古顿巴的课堂里早早就挤满了学生娃。邦金数了下，比前一天多出了三个，但是依旧没有看到旺堆。邦金有些失落，眼睛时不时地瞄一眼帐篷外面，慢吞吞地拿出课本，磨蹭半天不开课。着急的加央提议说：“阿姐，我们可以先听阿古顿巴和小狗嘎嘎的故事吗？”

邦金一脸严肃地发话：“不行！我们昨天说好了，从今天起，要先上完辅导课，之后再讲故事。放心吧，阿古顿巴的故事都搁在我的肚子里，跑不了！”邦金边说边又瞄了下帐篷外，还是不见旺堆，她只好翻开课本，先上课了。

“二年级的同学，请你们先预习课外作业第二单元的课文，细细默读，我等会要提问，也要布置作业。”邦金先把前排的几名学生安排好，继而对后排的加央等同学说，“三年级的同学，请你们翻到课外作业的第八页。”

加央和另外几名同学翻开了作业。

邦金开始提问：“三年级的同学请看第八页的最后一题——写作文。今天是一篇命题作文，叫《可爱的朋友》，你们就写一写身边的小动物。

大家想想，都有哪些？”

“灰兔、雪鸡、旱獭。”加央抢着回答。

接下来陆续有学生回答：

“黄鼬、狐狸、岩羊。”

“藏原羚、野牛、野马、雪豹。”

“斑鱼、黄鸳、赤麻鸭。”

“好，同学们，你们说的动物，有地上跑的、水里游的，那——有没有天上飞的？”邦金问。

邦金的话音刚落，就听帐篷外飞进一串声音：“岩鹰、秃鹫、画眉、灰椋鸟！”

邦金心下一喜，她听出来了，那是旺堆的声音！她连忙跑出帐篷，却看不见人，只听到帐篷后方有脚步碾压草丛的声响。邦金就站在帐篷外大声说：“旺堆，我知道是你，出来吧！”

旺堆这才扭扭捏捏地走出来。邦金毫不客气地问：“旺堆，你是来上课的，还是来听故事的？”

旺堆低着头说：“阿姐，我……”

邦金故意拉下脸：“别吞吞吐吐的啊，我可不强迫你哟！你想现在进来也可以，如果只想听故事，你就等我上完课再进来。”说完，抬头看看天色，又说道，“哎呀，这天看起来好像要下雨了吧！”

旺堆早已明白了邦金的意思，挤出笑脸请求道：“我错了，好阿姐，让我进去吧。”

49
半个梦想

第二天，旺堆帮阿爸把牛赶上牧场后，并没有回他家帐篷拿课外作业，而是一路走一路挥舞着牛鞭子，唱着小调来到小课堂。看样子他就是冲着听故事来的。他不但听故事，还会问故事，会针对每个故事刨根到底，问些异想天开的事，并且不仅针对故事，还包括他看到过的动物、采摘过的植物、遇到过的事物。比如：河里的鱼儿为什么不怕人？山上的岩鹰为什么要吃羊羔？绿绒蒿为什么会说话？蒲公英有多少个家？他的问题真是太多啦。每每问过，他就会用期待而又有点儿得意的目光盯着邦金。

邦金呢，却总是不慌不忙的，不管知不知道答案，她都不会直接回答旺堆。因为梅朵妈妈说过了，所有问题，都不能直接给出解答，要让孩子们自己通过思考得出答案，这样他们才能深深地记住。这就好办了，邦金就可以用“欲言又止”的办法，让他们探不着底细。具体说来就是：能全部回答的问题，她只回答一半，另一半让孩子们自己去想；不能回答的，她会让孩子们先去自己思考，等他们实在想不出时，她再道出答案。这样就给了邦金在自己不懂的时候寻求梅朵老师帮助的机会。

这个办法对于草原小老师来说，真是太巧妙啦——一边教会了孩子，一边自己也跟着学习了。并且，随着孩子们提出的问题越来越多，各种有趣的动物话题、植物话题、山川河流等自然话题，都给问出来了，这也让邦金在给孩子们上课的同时，实实在在地了解到了他们的需要。她越发感觉到草原小课堂不能仅限于给孩子们辅导功课，或者只是为了吸引他们进小课堂而讲述阿古顿巴的故事。

邦金回到碉房学校后，就把这个感受说给梅朵老师听。不想梅朵老师早就在邦金过去的各种询问中得到了启发，她正要和邦金商量，给小课堂增设其他内容。

不久，草原上的阿古顿巴小课堂，除课外作业辅导外，又增设了“故事课堂”“动物课堂”“植物课堂”。这让调皮又好问的旺堆渐渐地佩服起邦金，也越发羡慕邦金这个小老师的身份了——他喜欢听故事、问故事，更喜欢在小一点的娃娃面前复述邦金讲过的那些故事，尤其是阿古顿巴的故事和草原英雄格萨尔的故事。他那个顺溜的口才，讲起故事，有时比邦金还要利索呢！所以嘛，他心里就在想：如果哪天邦金小老师没到草原小课堂来，我是不是可以替一下邦金，也过把瘾当个小老师呢？

一天，小课堂结束后，别的小伙伴都蹦蹦跳跳地离开小帐篷了，旺堆却说要帮邦金收拾课本，磨蹭着不肯走。邦金就问他：“旺堆，你是不是又有什么问题要问呢？”

旺堆有点不好意思地说：“邦金阿姐，没有没有……”

邦金见他语气吞吞吐吐的，就知道他肯定有问题，笑道：“问嘛，你已经问过一千个问题了，再问就要突破一千个，打破世界纪录了！”

旺堆见邦金在笑，就恢复到以往好问又好表现的神态了，跟着纠正：“阿姐，打破世界纪录怎么敢说嘛，你要再添三个字，是打破‘我自己’

的世界纪录了！”

听旺堆这么一说，邦金不由得心生感慨：这个旺堆真是个“故事精”“问题精”“表现精”啊！平时我上故事课堂，讲一个故事，他总要刨根问底，恨不得要把故事的前世今生刨出八百年来；我要是哪里讲错了几个字，他立马就要站出来，神态极其认真、语气极其严肃地纠正我。小课堂里有这样一个娃，我这个小老师可不好当呀！

于是邦金笑道：“旺堆，我觉得你也可以当个小老师了！”

这话正说到旺堆的心坎上去啦！他今天留下来，是有一个问题要问邦金，但又不知道怎么才能问出口，那就是——他心里装着许多故事，可这些故事也需要听众呀，他能不能也当个小老师呢？

旺堆就把心思实实在在地吐出来了：“阿姐，既然你都说了，那我是不是能当个小老师呢？”说完，又认真地补充道，“这可是我的梦想呀！”

邦金想了下，回答他：“按现在的情况看，你可以实现‘半个梦想’。”

旺堆没听明白。

邦金笑起来，对他说：“阿古顿巴小课堂里有很多课嘛，有故事小课堂，也有辅导小课堂。你才读五年级，给别的小娃娃辅导作业，人家也不服嘛。但你可以给他们讲故事，当个讲故事的小老师，这就是实现了半个梦想！”

第十章

50

又一季的青稞成熟了

梅朵老师的碉房学校再次被牧民们关注，是在草原小课堂的小老师邦金考上县城高中的时候。这是草原小课堂开办三年后的事了。

三年当中，梅朵老师和邦金已经在三个不同的小牧场上开办了三个草原小课堂。因为内容独特，小课堂在草原上已小有名气，等到邦金考上高中后，小课堂的名气就更大了。

现在的邦金已经可以替梅朵老师培养小老师了。三个小课堂有三位小老师，除了旺堆，其他两位都是从梅朵老师的碉房学校毕业的学生，也都是邦金一手教出来的。旺堆呢，他能胜任小老师，按邦金的说法，那就是天生的！麦麦草原上的小课堂开办得最早，起初两年都是由邦金在管着，害得她一到放假就在三个小课堂之间来回奔波。后来到邦金读高中时，旺堆终于实现了他的“整个梦想”，当上了正式的小老师。别看旺堆才读初中，但他读书迟，这时已有十五岁，是个小大人了。他就像一粒饱满的青稞种子，只要给他一点土壤，马上就会发芽，并迅速茁壮成长。

邦金考上县城高中，这消息就像蒲公英的种子，风一吹就飘散到草原的四面八方去了。这一次，碉房学校里又来了好些牧民，却不是要送孩子进学校，他们是奔着草原小课堂来的。

牧民们看得清清楚楚：进过草原小课堂的学生，比如旺堆，才上初中就当上了顶呱呱的小老师。而小老师邦金利用假期管着三个草原小课堂，那得耽误多少学习时间哪，却照样考上了高中。这就说明，草原小课堂太神奇了，说它是文殊菩萨开办的也不为过嘛！因此，在邦金即将上县城高中的时候，碉房学校陆陆续续来了好些祝贺的牧民。当然，牧民们在祝贺的同时，更期待邦金的下一个草原小课堂能开办到自家的牧场上去。

51

桑伽草原的一根针我都认得

这天，梅朵老师的碉房学校又来了一位牧民，他是踏着傍晚时分浓重的雾霭到来的。进校园时，他的头发和睫毛都被雾珠子给打湿了。他叫伽伽，是距离碉房学校五十公里的桑伽草原上的村主任。伽伽村主任先是真诚地向梅朵老师问好，又给邦金送上了祝福，还按照草原人随礼的规矩，给学校送来五团酥油、一袋奶渣子和一大包风干牛肉。

梅朵老师亲自下厨房煮坨坨肉、烧香浓的酥油茶，招待这位远道而来的客人。吃饱喝足后，伽伽村主任就开始给梅朵老师介绍桑伽草原：“梅朵老师，我们的地方嘛，过去什么都不好，没得路，没得电，也没得好的住处——”

“所以只能骑马，绕来绕去两天也到不了！”梅朵老师笑着补充。

伽伽村主任愣了一下，接话：“骑马两天到不了那是过去嘛。现在什么都好了，公路都修到家门口了，开车也就两三个小时，路面也好，逢上雨天也能开车。”

“但就是地方有点高，气候也不好，公路虽然通了，但时常会被泥石流冲断。”梅朵老师直白地说。其实早在刚上草原的时候，县教育局的更嘎主任就领着梅朵老师到过桑伽草原。那时他们还在一个叫“者哇桥”的地方被洪水挡住了，之后是寻了条小路上去的。当时伽伽村主任到外地开会去了。

伽伽村主任不好意思地笑了笑：“哦呀，我也正要把这个实情告诉你，你却先知道了。”

顿了下，伽伽村主任继续说：“我们的地方，公路通了，学校也建得很好，老师也来了，教书也很负责，去年学校还得过奖。但老师和学生娃都是要放假的嘛，虫草假、暑假、寒假，时间长得很！”

“因为放假时间太长，有些娃娃一回到草原就忘了温习功课，整个假期过去，不但作业没做完，有些还逃学，半天也找不回来对吧？”梅朵老师接话。

伽伽村主任心下一惊，暗想：怎么自己想要说的，都给梅朵老师抢先一步说出来了？于是他只好直奔主题：“哦呀，我们要是也有个草原小课堂，就不用担心娃娃们的功课啦。”

梅朵老师意会，表示理解，却又解释：“伽伽村主任，不瞒您说，这些天到我们学校来的，都和您的想法一个模样呢！桑伽草原的情况嘛，我早就知道。只是小老师很难培养，暂时我们还找不到合适的小老师……”

梅朵老师说的也不是搪塞话。她恨不得把小课堂开遍所有草原，但没有小老师也是白想。何况，阿古顿巴小课堂是特色课堂，对小老师的要求非常高，他们既要能在学习上胜任辅导工作，还要有丰富的课外知识，并且得性格好、有耐心，更要有一身能吃苦耐劳的劲头，这样的人不好找嘛！

梅朵老师就把这个事实明明白白地跟伽伽村主任说了。伽伽村主任原本是满怀期待地过来的，听梅朵老师这么一说，他就不知道说什么好了，当下陷入沉默，心事重重。

夜晚静悄悄的，锅庄上的柴火快要熄了，学校安排伽伽村主任睡在学生宿舍里。但是伽伽村主任说，他带帐篷来了，可以在校园里搭帐篷，免得晚上影响学生们睡觉。伽伽村主任执意要搭帐篷，梅朵老师拿他没办法，只好跟着去帮忙。这时，有个孩子也悄悄地过来帮忙了。梅朵老师一看，是卓玛。她熟练地帮伽伽村主任拿起羊毛毯子，铺在地上，又抱起一床被子放在上面，平铺后对折一半，再把伽伽村主任脱下来的外袍放在被子的一头，一个简单的地铺很快就打好了。利索地做完这一切后，卓玛就站在地铺旁望着梅朵老师，低声问了一句："老师，我们草原小课堂的地铺，也是这样打的吧？"

梅朵老师先是有些吃惊，但紧接着又平静下来，像是经受了一件已经提前预料到的事一样。

伽伽村主任原本心事重重、沉默不语，但见小姑娘这般勤快懂事，当即又笑了，问她："哦呀，波姆，能把袍子当成枕头，熟悉得很嘛，我看你也是牛场娃！是哪个牧场的？"

卓玛犹豫了一下，轻轻回答："桑伽草原。"

伽伽村主任面露惊讶："我怎么没有见过你？"

卓玛的声音更低了："我是在桑伽草原出生的……后来到麦麦草原的舅舅家了。"

"哦呀！怪不得——桑伽草原的一根针我都认得！"伽伽村主任感叹道。

这句话很快就扎进梅朵老师的心里了！她在想：伽伽村主任能说出这样的话，言下之意就是桑伽草原上所有读书的孩子他都认得。桑伽草原大得很，学生娃也多得很，他却都能记下，那他该是多么爱他的草原、多么牵挂草原上的学生娃呀——所以桑伽草原的小课堂，一定要想办法办起来！

52
只有星星才会知道的秘密

那天，卓玛是在很晚的时候才从县城回到碉房学校的，她在进屋时听到了伽伽村主任和梅朵老师的对话，又听梅朵老师说暂时找不到小老师，她就想去试试。

但之前她为什么没有和邦金一起到麦麦草原上去呢？

原来她的心头藏着一个秘密，是这个秘密拦住了她的脚步。

这个秘密除了她自己，就只有天上的星星才会知道。那天上的星星啊，它们就像无数只神奇的眼睛，能看到世间的一切——卓玛在很小的时候就知道星星拥有这样神奇的本领了。在她的心头，她永远也无法抹去那个天上亮着无数星星的夜晚，她的阿妈就在亮堂的星光下，跨上一个人的马背，朝着草原下方奔跑，她的阿爸紧跟在后面追赶。她自己就站在亮堂的草原上，没有任何树木遮挡，她就那么眼睁睁地望着三个人消失在夜晚的雾气里，再也没有回来……从此，她就不喜欢没有树木的草原了，因为从那以后，她每夜都在帐篷里做噩梦。人们都说她一到夜晚就变成了疯女孩，她的舅舅只好把她送进了梅朵老师的碉房学校。离开了草原和帐篷，身旁又有了好些小伙伴，卓玛的心才慢慢平静了。她似乎都忘了草原噩梦的事。

但没想到在梅朵老师送她新衣袍的那个夜晚，她又做了一场可怕的草原噩梦——梦见星光下她的阿妈被奔跑中的大马抛进了森林里一个漆黑的深渊，阿爸在追赶阿妈时也掉进里面了，她跟在后面追呀跑呀呼喊呀，却被一只山一样厚的巨手给掐住喉咙，动也动不了，喊又喊不出……

多年来，她都不想回草原，也不想住帐篷，担心一住下来就会触景生情，掉进噩梦。这也是为什么她到县城上学，坐车经过草原时就会晕车，一晕车就会昏睡。

但是后来有一次，她终于突破了这个心理障碍。那是在邦金已经接替梅朵老师到草原上开办小课堂之后的事了。那年国庆节，县城初中放了个小长假，邦金身在学校，心里可惦记着她的草原小课堂呢，一放假就赶着回到草原，给小娃们上课去了。

只有卓玛一人在县城学校的宿舍里。

每逢放小长假的时候，县城中学的大门外就聚集了很多家长。他们有从牧区来的，有从农区来的，也有从县城附近的山寨里来的——或开着拖拉机，或骑着摩托车，或走路来，接他们的孩子回家。还有一些孩子，因为家远不便返程，就会投靠在县城里的亲戚。

卓玛在县城没有亲戚，邦金又到草原小课堂去了，卓玛就不想一个人住在空荡荡的宿舍里。她准备坐班车回碉房学校。当时她坐的是一辆中巴，搭乘的都是本地人。这些人，不管是到县城办什么事，返程时大都一个模样：不是给自家就是给邻居或亲戚家，捎带一些生活用品。在过去，由于交通不便，这变成了草原人出行的规矩，即使草原公路四通八达了，这规矩仍在延续。邦金的邻座是一个从牧场下来的娘娘，也帮着牧场的邻居带些货物，背着大包小包。一趟拿不上车，她准备来第二趟。

卓玛见了便赶上前，帮她把剩下的包裹都拎上了车。

“哦呀波姆，咔着[①]咔着！”牧场娘娘一边感谢卓玛，一边给她解释，“我这可是给三个人家带的货物呀。”

卓玛很不好意思地说：“娘娘谢啥子嘛，这是我应该做的。”

牧场娘娘就夸她：“哦呀，你真是一个懂事的女娃！叫什么名字呀？”

“我叫卓玛，娘娘。”卓玛礼貌地回答。

“卓玛……”牧场娘娘语气里裹着些许感叹，自顾自地念叨一句，“卓玛……拉姆——”抬头再看一眼卓玛，稍后面色就平静了，招呼她，“哦呀，你就喊我庄积娘娘！”

等包裹全部被搬进车厢里后，车就发动了。卓玛又像往常一样，一上草原就晕车，一晕车就昏睡了过去。这一睡也不知过了多久，当她被庄积娘娘慌张地推醒时，她才发现：她乘坐的中巴在半途遭遇了山道塌方！

卓玛这下可就急了，她走前可是没有跟梅朵老师打招呼的，这可怎么好！这时，就听司机在大声对乘客招呼：“各位阿爸阿妈阿哥阿嫂，现在是雨季嘛，塌方是常有的事，我们这是不巧遇上了！现在只能等大铲车过来修路，但我刚才给交通部门打电话问过，别的地方也有塌方，铲车不够用，我们得排队嘛！看样子今天是走不脱了。你们看吧，从这里步行半公里就可以到达附近的镇子，晚上你们可以到镇子里住下，有

①谢谢的意思。

亲戚的住亲戚家，没有的住旅馆吧。”

同座的庄积娘娘听司机这么一说，就下车去观察塌方情况。那塌方的面积虽然不大，最多十几平方米，但公路上落满巨大的石块，人力搬不动，中巴根本开不过去。但人可以绕开塌方区域走过去。她就问卓玛在下方的镇子里可有住的地方。卓玛当然没有了。她就请求卓玛:“波姆，那你就再帮个忙嘛，替我把这些包裹送过这个塌方，我在塌方另一边的帐篷里有亲戚，这车子一时走不了，我要去投个亲，你帮我一下嘛。”

卓玛本来因为晕车有点不舒服，她是不想帮这个忙的，但一想到之前庄积娘娘还在夸她好，这下突然就不帮人家，人家还不知道会怎么想呢。还好她只是不想夜晚住在草原帐篷里，白天经过草原倒也没问题。于是她帮着庄积娘娘背起包裹，二人绕开落石，穿过塌方区，径直朝着前方的草原帐篷走去。

但在草原上往远处眺望，就像是在看一个透明的魔镜，你看着那里很近，但走了半天它还在远方，真是应了那句：看山跑死马！并且，卓玛背着包裹已经走出了半个多小时的路程，眼看就要到达前方的草原帐篷时，却有一大片像长着鱼鳞一样有着无数个小水坑的湿地出现在她们面前！这下可不能随便走了，草原人都知道，湿地就像是张开无形大口的黑洞，人不小心踏进一步，很快就会消失不见！

庄积娘娘放下行李环视四周，就看到在湿地左侧很远的地方，有一群牛正在吃草。她昂着头朝牛群那边认真地瞧瞧，再回头看看脚下，踩了踩脚底下的草地，有点不好意思地对卓玛说：“哦呀波姆，你看嘛，我们又得绕弯了——那里有牦牛，那边肯定是可以过去的，我们现在得沿着这里绕到那边去，经过那里才能到达前方的帐篷。”

卓玛回头望望，她们已经距离刚才塌方的地方很远了，现在也只能顺着这条路走下去。

卓玛越走越疲惫，也越走越烦躁，虽然身旁的庄积娘娘因为过意不去，一路都在夸奖她，但她听不下去了。随着天空越来越阴暗，她一直担心的事就这样不知不觉地扑向她：天就快要黑了，她无法再返回，只能住在陌生人的帐篷里了！

这个庄积娘娘口里的“好孩子”，到夜晚降临之后，突然变成了又惊慌又恐惧的“坏孩子”！除了天上的星星，没有人知道这孩子的惊慌从何而来。并且这孩子的体内好像住着一头小魔兽，白天还是好端端的，晚上就突然着魔、发癫——她竟然要一个人离开帐篷，说就算走一夜黑路也要找到森林！夜间，当她在庄积娘娘的怀里像个小魔兽一样扑腾的时候，庄积娘娘就拼着气力抱住她，在她的耳边轻轻地呼唤：“波姆！波姆！哦呀，你怎么就跟我的卓玛拉姆一个模样！”

这孩子一听就有些奇怪了，迷迷糊糊地问：“卓玛拉姆是谁呀？”庄积娘娘没有回她，而是轻轻地哼起了歌儿：

天上的卓玛呀，你要是听阿妈的话，就听着歌儿睡觉吧……

阿妈的歌声是天上的星星，你要是听到这歌声，就像星星一样朝阿妈眨眨眼吧……

天上的拉姆呀，你要是听阿妈的话，就听着歌儿睡觉吧……

我的卓玛拉姆呀，草原是阿妈的摇篮，你就在摇篮里听着阿妈的歌声睡吧……

直到明天的太阳把你叫醒，你再和阿妈一起去草场上放牛羊呀……

很奇妙，这孩子听着听着，就迷迷糊糊地睡着了。睡梦中，她还在听庄积娘娘唱着：“睡吧睡吧……我的波姆，我的卓玛拉姆，直到明天的太阳把你叫醒，你再和阿妈一起去草场上放牛羊呀……”

那晚，卓玛竟在陌生的庄积娘娘的怀里睡了一夜，也听娘娘唱了一夜的歌——噩梦也就没有机会爬进她的睡眠了！这之后，卓玛就想再回草原，试试那夜的感觉——是的，自那夜过后，卓玛终于找到了阿妈，她的庄积阿妈。再后来，梅朵老师和邦金又创办了两个小课堂，那时她就很想报名，但还没等她说出口，梅朵老师就已经安排别人了。

其实，卓玛前后的变化，梅朵老师是看在眼里的。她之所以先安排别人，是因为她潜意识中还觉得：需要多给卓玛一点时间。

现在，时间到了，机会来了，所以梅朵老师已经在默默地为卓玛安排回桑伽草原的行程了：她要亲自送卓玛回桑伽草原，并让邦金陪着卓玛，领着她先把小课堂的帐篷搭起来。至于具体怎么开课，邦金经验多着呢，她会有办法的。

53
总有一个能找到我

接下来梅朵老师要去一趟县城，到教育局找更嘎主任。开办草原小课堂所需要的辅导材料、课外书、小帐篷等，梅朵老师的碉房学校里可没有多余的——往年，这些都是由更嘎主任想办法的，今年也不例外。

所以当梅朵老师见到更嘎主任，还没开口，更嘎主任就开门见山地问："梅朵老师，今年你需要多少图书、多少辅导材料、多少铺盖、几顶小帐篷？"

梅朵老师故作惊讶地反问他："更嘎主任，您怎么就知道我到您这里，是来要帐篷的？"

更嘎主任哈哈大笑："各个学校的师生都放假了，人家放假了你却还来找我，不就是为了那个事嘛！三年了，都是同一个事，我还记不住吗？"

梅朵老师不好意思地朝更嘎主任笑了笑，向他说了要去桑伽草原开小课堂的事。更嘎主任思考了一会儿，对梅朵老师说："桑伽草原嘛，和别的草原可有点不一样！那里海拔高得很，你们上去，一切都要注意，晚上睡帐篷千万不能受寒。这次我给你们多配几床厚被子吧。"

"谢谢更嘎主任，那真是太好了！"梅朵老师语气里全是感激。

更嘎主任想了想，又说道：“管感冒的药要多带些上去，这个局里是没得配备的，我这里还有一些，你拿去。自己用不着，走时还可以分给需要的牧民。”

“哦呀，谢谢！”

更嘎主任想了想，又说：“你们上去了，要是有什么事，马上给我打电话。过去那地方没信号，老师们都不愿去。现在网络是有了，但天气不好的时候，打电话还是要认地方、认方向——地势高一些、离信号塔近一些的地方,信号就要强很多,这在高海拔地区都一样,你知道的！”

更嘎主任说完，让梅朵老师存下两个手机号码，一个是他自己的备用手机号，一个是他老婆的。“号码多存几个，总有一个能找到我。”更嘎主任笑着招呼梅朵老师。他像是随口一说，但梅朵老师已经深深地记在了心里。

告别更嘎主任，从教育局出来后，梅朵老师就接到了伽伽村主任的电话。他在那边一口气地说了好多重复的话：“梅朵老师，你可是答应过我们的，桑伽草原的虫草节那天，你的帐篷小课堂就会过来，你可一定要来呀！只有虫草节那天牧民们才会聚得齐，娃娃们也都在场，这样才好办事嘛。公路都修到我们家门口了，开车也就两三个小时，路面也好，逢上雨天也能开车！虫草节那天，你的小帐篷可一定要过来呀，一定要过来，我等着你们！”

梅朵老师一听就在心里笑开了，瞧伽伽村主任这个急迫的心情，要是不能给他一个肯定的回答，怕是电话就挂不掉啦。于是，她认真地回他一句："放心吧，伽伽村主任，我们不会误事的。虫草节那天，就是车开不上去，我们走也要走上去嘛！"

伽伽村主任这才放心了，一个劲地道谢："哦呀！咔着！哦呀！咔着！"

54

只是被泥浆洗了个脸

桑伽草原虫草节的前一天，梅朵老师带着邦金和卓玛出发了。她们是这样安排行程的：在头一天下午到达桑伽草原，第二天清晨就搭起帐篷、挂起牌子、摆好图书，先让桑伽草原的孩子们见识一下草原小课堂的特色。梅朵老师还特地为小娃娃们多备了几套精美的儿童绘本，因为绘本色彩丰富、视觉效果好，更能吸引小娃娃。但也因此，行李多出了不少。

从麦麦草原到桑伽草原，虽然路程不是很长，经过的地貌却有些复杂。两个草原就好比两只向着身体两侧张开的手掌，中间隔着深不见底的高山峡谷。这当中既有雪山、冰川、深谷、溪流，也有草原、湖泊、崖岩和沙化的小戈壁。这就使得原本直线距离只有五十公里的两个草原，就像隔了一道天堑。若想从这边到达那边，人只能像小蚂蚁一样，沿着崎岖的山间公路七拐八拐——车先是要开到草原下方的山脚，之后再翻山绕到对面的山顶。而在快要进入桑伽草原的领地时，又有一条小河横在路上。小河像一条巨龙从草原上奔腾着钻进山谷里，河上架有一座由铁链子和木头搭建的索桥，当地人叫它“者哇桥”。者哇，在当地语言中有“连接”之意，顾名思义，者哇桥就是连接两地的桥。

者哇桥的上面是草原，下面是山谷。车只有过了者哇桥，才算真正进入了桑伽草原，之后还要前行二十公里，才会到达桑伽草原的桑伽村。

由于行李多，梅朵老师借了乡里的一辆小货车。三个人出发时天气是晴朗的，她们还特意查了天气预报，也说下午是晴转多云的天气。但是在车快开到者哇桥时，却发生了不好的情况。

当时附近并未下雨，也没有其他预兆，梅朵老师正在开车，突然听到车外传来“轰隆”一声巨响。起先有那么一瞬，梅朵老师以为是车子底盘被什么撞着了，但只一转念，她就惊出一身冷汗——凭她多年翻山越野的经验，她判断山上肯定发生了险情！她慌忙停住车，别的也顾不得了，抓住两个孩子，就一头钻进了山上的林子里。

这时两个孩子也已经反应过来，同时想到：之前梅朵老师就告诉过她们，如果在山区遭遇泥石流或塌方等突发性的自然灾难，人一定不能顺着灾难奔腾的方向往山下跑，那样虽然跑得更快也更省力，但人是跑不过自然灾难的，极有可能很快就会被卷走！只有逆着灾难突袭的方向，横向往山坡侧上方跑，才有可能避开灾难。二人便你推我赶，与梅朵老师合力破开一条丛林之路，横向朝着山体的侧上坡疾步奔走。

三个人一路奔走，气喘吁吁，终于远离了危险地带。等站到一处高坡上时，她们转身往下一看，就看到者哇桥附近的山体发生了大滑坡！

但见者哇桥斜上方的山腰间，巨大的石块混着泥沙、裹着粗壮的大树，朝着河流奔腾而下。河沿边的公路瞬间就被切断、冲垮了。幸好她们的小货车并不在发生塌方的山体的正中地段，只是挨在边上，这也正是刚才她们能侥幸逃生的原因。但随着山体不断被撕裂，塌方范围不断扩大，没过多久，者哇桥就被冲垮了！

三个人站在远处浑身僵直，她们暂时还没从这突发的巨大的灾难中回过神来。身旁河里的浪涛声实在太大了，巨大的咆哮声掩盖了一切。邦金生活的草原上虽然也有一条河，河里也时常会波浪翻滚，但她还从未见过眼前这浪潮翻滚的气势——它们不是一浪扑着一浪地翻涌，而是在撕咬、咆哮，就像处在决斗当中的恶兽一样！

不过还真是个奇迹——三个人同时看到，即使上面的山体被塌方撕下了一片巨大的伤口，但她们的车和行李都还好好的，只是被路过的泥浆“洗了个脸”而已。

梅朵老师抱着浑身颤抖的卓玛，安慰她：“别怕，它只是一条生气的巨龙而已！”

邦金则在一旁语气庆幸地说：“还好，我们的货车还在！行李也在！”

可是路被冲断了，她们的车开不过去了，怎么办呢？

等那条咆哮的巨龙发够了脾气、慢慢平息下来后，丛林就变得安静极了，像是什么也没发生一样。这时梅朵老师放开卓玛，让两个孩子原地不动，她小心地从高处探出身子，仔细观察下方小货车附近的小股泥石流，一边观察一边自言自语：“我看它们冲断的只是主道，车开不过去，但人是可以沿着小河绕道走的。”

两个孩子不解地盯着梅朵老师。

梅朵老师胸有成竹，语气坚定地说：“走吧，车子过不去，我们就自己搬行李，步行上去！”

卓玛一听，有点担忧地提醒说：“老师，这里到桑伽草原还有二十多公里吧，我们的行李又这么多！”

梅朵老师目光坚定：“不怕，我们有三个人背嘛！我刚才仔细看过了，沿着小河这边的便道往山上走，到达草原后，河上有一架桥，是可以走过去的，之前我和更嘎主任就走过。”

“但是越往上走海拔就会越高，缺氧厉害，还要走二十多公里路……”卓玛说。可她还没说完，就被邦金打断了：“二十公里算啥呀，过去草原上没通公路，我们不就是靠骑马和人力背运行李上牧场嘛，你也走过的。”

卓玛有些委屈地说：“我自己是不怕的，主要是担心老师。”

梅朵老师便耐心地给卓玛算了起来：“这里到桑伽村大约二十公里，现在还是中午，我们可以走走歇歇，慢慢上去，只要天黑前能赶到就可以了。重要的是，我们已答应伽伽村主任，明天要把小课堂的帐篷在桑伽草原上搭起来！如果今天赶不到，明天就搭不成，那就失信于人了——人家能从那么远的地方赶过来找我们，都是因为两个字：信任！过去我们能把小课堂顺利地开办到三个草原上，也是因为这两个字嘛。”

55
双臂上长出了隐形的翅膀

三个人就小心地下到公路边，爬上小货车，利索地搬下行李。书本、食品、衣物、日用品、上课用的小帐篷，每个人的身上都是大包小包背得满满的。她们沿着小河往上游走，慢慢地就进入了草原。而越往草原上走，天色也越发阴暗起来。高原的天气就像孩子的脸，说变就会变，这个梅朵老师在出发前就已经预料到了。但伽伽村主任不是说过嘛，现在的草原公路越修越好，开车也就两三个小时，路面也好，逢上雨天也能开车。正是因为提前了解到这些，梅朵老师才那么肯定地答应伽伽村主任，虫草节这天能赶上草原。

但没想到还是遇上突发险情——山体滑坡堵住上草原的公路，车子过不去。三个人这下需要背负沉重的包裹上桑伽草原，这倒是梅朵老师之前没有预料到的。并且接下来又发生了新的情况。三个人走了不一会儿，草原上就刮起了大风，还伴着一阵阵急速的雨点，像一只只小钉子溅在地面上。梅朵老师肩挑背扛走在中间，邦金和卓玛一左一右紧挨两侧，三个人在大风中相互扶持着往前行走。顶风而行，梅朵老师只感觉双脚就像是坠上了沉重的铁砣砣，越走越吃力。她开始气喘吁吁，感觉身上背负的包裹越发沉重。极度的疲累加上高山缺氧，很快就让她步履蹒跚。两个孩子也因为背负太重的行李而显得有些力不从心。

三个人顶着大风走得踉踉跄跄。一边是邦金，自己背着沉重的包裹走得吃力，又担心身旁的梅朵老师，硬是从她身上扯下一只背包。一边是卓玛，连忙又把邦金取来的背包扛到自己肩上。两个孩子正在拉扯，一转眼，却发现梅朵老师已经倒在地上！

邦金慌忙丢下行李，一把搀扶起梅朵老师，紧紧抱住她，口里直喊："妈妈，您怎么了？"

梅朵老师张着嘴大口喘着气，说不出话。

卓玛已被这场面吓住了，扑上前呼喊："老师！老师！"

梅朵老师无法回答，她先是急速喘气，不一会儿就上气不接下气，慢慢地眼睛就闭上了！

卓玛抓住梅朵老师的双臂用力摇晃，带着哭腔呼喊："老师，您醒醒！醒醒！"

但是梅朵老师的喘气声越来越小，慢慢就陷入半昏迷了。邦金这一看，怎么办？背着梅朵老师上桑伽村吗？那里又没有卫生院，背上去就是等死。但再背回去吗？路程太长，她和卓玛都没有那个气力。

此时风越刮越大，草原天连着地，地连着天，一片雾气茫茫。卓玛侧卧在地上，把自己的身体当作地垫，把梅朵老师扶到自己身上，让她与冰凉的地面分隔开；邦金则用双臂紧紧护住梅朵老师的腰身，再把上身悬在她的身体上方，头部朝着她的脸面方向倾斜，为她挡风。两个孩子紧密配合着做完这一切，同时又在呼喊："您可不能睡啊！快醒醒！醒醒！"

呼喊声也像是猛烈的风刀子，硬是拨开了梅朵老师的双眼。

两个孩子惊喜不已，跟着呼喊："老师！妈妈！妈妈！老师！"

梅朵老师嚅动着嘴唇，断断续续地说："更……更嘎主任的电话是……"还没说完，又缓缓合上眼，再次陷入昏迷。

邦金一听，迅速爬起身，从梅朵老师的衣兜里找出手机。但是没信号，她打不通。

邦金抬头望向前方，见那里有一处高坡，连忙对卓玛说："高处肯定有信号，快，你到高坡上去给更嘎叔叔打电话，我来搭帐篷！"说完，她小心地抱起梅朵老师，让卓玛抽出身来。卓玛拿过手机就往高坡上跑去。这时大风正裹着一阵雨雾向地面扑来，邦金一个人无法为梅朵老师遮风挡雨，只能将梅朵老师搀扶到身旁的大背包边，让她倚靠在背包上。之后，邦金迅速脱下身上宽大的外袍，盖在梅朵老师身上。

放下梅朵老师，邦金开始搭帐篷。草原上的帐篷小课堂已经创办了三所，邦金搭起帐篷十分熟练。到卓玛返回时，帐篷也快搭好了。卓玛告诉她："电话打通了，更嘎叔叔已经开车出发了！"

邦金朝卓玛叫嚷："你没告诉他者哇桥断了？！"

卓玛肯定地说道："我告诉他了。我们是沿着河边的小路走上来的，他说他之前和老师走过这条路，他知道的，他救我们来了！"

邦金紧张的神色这才放松了些，二人合力把梅朵老师抱进帐篷里。

进了帐篷，虽不再淋雨，但新的问题又来了——外面的风越刮越大，小帐篷太单薄了，眼看就要被风掀翻。卓玛迅速伸开双臂，紧紧抓住两根帐篷支杆，双手撑在帐篷两端，用整个身体抵住帐篷，护着帐篷。但是风太大了，卓玛身子太小，她能奋力顶住帐篷的一侧，帐篷的另一侧仍被大风无情地撕咬着。邦金原本是将梅朵老师搂在怀里的，见势不妙，只好又将梅朵老师搀扶到大背包旁，让她倚靠在背包上；之后她迅速扑到帐篷的另一侧，也像卓玛那样伸开双臂，紧紧抓住帐篷的另外两根支杆，撑在帐篷两端。

此时，帐篷外开始电闪雷鸣，帐篷内两个孩子徒手护着帐篷，风裹着雨点猛烈地扑打篷布，两个孩子的后背贴在篷布上，就像是被一条条带刺的鞭子抽打着。因为风雨太猛烈，护帐篷的时间太长，渐渐地，身子单薄的卓玛有点支撑不住了。随着又一阵风雨的扑打，她打了个趔趄，猛然倒在地上。帐篷也随着卓玛的倒下而失控，眼看就要被大风掀翻。

这时邦金仍用双手死死抓住帐篷支杆，朝卓玛呼喊："快起来！卓玛！快起来呀！"

卓玛趴在地上，双手吃力地撑着地面，她想爬起身，但是刚一用力，又瘫倒在地。邦金大声激励她："你看嘛，刚才你还叫嚷着让老师不能睡觉，你怎么自己却趴下了！"

经邦金这么一激励，卓玛就尝试着再次撑起双手，紧咬牙关，吃力地从地面上爬起来。她摇晃着站到帐篷前，伸出颤抖的双手，重新抓住了帐篷的支杆。

就这样，两个孩子展开双手，紧紧地护住帐篷，一刻也不敢放松。天已经黑下来了，两个孩子的双臂在风中颤抖，但她们依然神情坚毅，一动不动，仿佛双臂上长出了一双隐形的翅膀，奋力护着帐篷。此时雨越下越大，帐篷内能听到的，除了风声就是雨声。两个孩子在奋力护着帐篷的同时，又都用揪心的目光注视着倚靠在背包上的梅朵老师，只恨抽不出手来抱抱她。

56
会唱歌的帐篷

黑夜里，梅朵老师倚靠在背包上，陷入了昏迷，她离开了孩子的怀抱，显得那么孤单。邦金担心地盯着梅朵老师，在心中默默呼唤：“妈妈，您怎么还不醒来呢？我和卓玛都在您的身边，您知道吗？”她抬头望望帐篷，但见篷布因被风扑打，发出“呼啦啦”的声响；侧耳再听外面，又都是一片“呜呜”的风声。她心中生出了更多的担心：唉，风这么大，妈妈还没醒来，睁不开双眼，她就看不到我们在她身边。她会不会孤单？会不会害怕？会不会担心我们被大风卷走了、不再陪着她了？是的，之前妈妈曾说过，人如果长时间处于昏迷状态，就要想办法及时唤醒，要不就有可能永远都醒不来了！但是现在我们要护好帐篷，无法去抱抱她，该怎么办呢？

左思右想，邦金就把目光投向卓玛，提议：“我们唱歌吧。”

卓玛心有灵犀，连忙说：“好，阿姐，老师平时最喜欢听我们唱歌了，说不定，听到歌声，她就醒来了！”

邦金点头补充道：“天已经黑了，我们的歌声还可以给更嘎叔叔指引方向，让他更快地找到我们。”

于是，黑夜里，草原上，响起了由风雨伴奏的歌声。先是邦金唱了一首《邦金梅朵宁吉莫》，这是一首多么熟悉的草原歌谣啊！果然，昏迷中的梅朵老师听到这首歌时，眼角微微地挑动了一下。邦金立马看到了希望，迅速扯开嗓门，接连又唱了三首，都是梅朵妈妈熟悉的歌。这之后，邦金就感觉嗓子有点干了，她示意卓玛接着唱，自己则把嘴唇贴在篷布上，用舌尖舔着上面的雨水。润了下咽喉后，她又接替卓玛，继续唱。

这个夜晚，两个孩子就是这样你一会儿、我一会儿，轮换着唱歌。

在这样的时刻，歌声真的可以给人带来力量，尤其是看不见世界的人，声音就是他们的生命。至少对于昏迷中的梅朵老师是这样的——她的双眼虽然无力睁开，但孩子们的声音就是救命的力量，她是能感应到的。这个变化邦金也感应到了。她发现，如果她们的歌声大一点，妈妈的面色就会舒缓一些；要是间隔得过久，听不到歌声，妈妈的面色就会变成她们不想看到的样子——不管是不是心理作用，邦金就是这么感觉的。

可再好的嗓子也是肉做的，经不起过度消耗呀！两个孩子的嗓子都出现了相同的状况：先是咽喉特别干燥，唱着唱着就变得干裂；再唱着唱着，又像被风刀子给刮破了，开始灼痛；当灼痛越发加剧时，声音就完全嘶哑了。

但歌声一直没有停下！

不知过了多久，风雨交加的草原上，更嘎主任的救援队伍终于赶过来了。他们带来了氧气和急诊医生，但是草原的雨夜真是太黑了，伸手不见五指，叫救援队的急救灯都失去了作用。救援队在茫茫草原上焦急地晃动着急救灯，但光柱是直的，它无法打个弯儿照到山坡的背面、照到邦金的小帐篷。

救援队就这样在草原上焦急地寻找。直到风雨缓下了一阵，敏锐的急诊医生才听到从山坡的背面隐约传来的声音。救援队匆忙爬上山坡，把灯光循着声音一照，果然看到草地上有一顶在风雨中摇晃的小帐篷，声音正是从帐篷里传出来的。仔细一听，却是嘶哑的歌声。

57
草原上的蒲公英

梅朵老师再次睁开眼时，已是两天后了。在还有些模糊的视线里，她看到只有卓玛一人坐在床边。

卓玛见梅朵老师终于醒来，惊喜得说不出话。当然，除了突发的惊喜叫她激动得一时说不出话，她的嗓子也因为嘶哑，说不出话来。

“老、老师，您终于醒来了！”卓玛激动地望着梅朵老师。她心底还有许多话要说，但是灼痛的咽喉拦住了这些话。

梅朵老师缓缓点头，有些迷惑地问：“你的嗓子……怎么哑了？”

卓玛小心地说：“是被风刀子划破的。”

梅朵老师又问：“我们这是在哪儿？是医院吗？”

卓玛点头，老实地说："老师，我们是在县城医院里，两天前是更嘎叔叔救了我们。"

梅朵老师先是愣了一下，接着又缓缓闭上眼，像是又要陷入昏迷。卓玛见状，慌忙招呼："老师，您可不能再睡了！"

梅朵老师轻轻摇头。她依然闭着眼，但整个人已提起了一些精神，说话还不失幽默："哦呀，瞧我这不争气的惰性，竟然贪睡了两天。"

卓玛这一听才放心了，望着面色憔悴的老师，眼睛早已湿润。

梅朵老师微闭着双眼，在经过了很长一段时间的适应后，她才完全地睁开眼。她努力抬起头，环视四周，就看到病房的窗台上有一只玻璃瓶，里面插了一束蒲公英。有几朵是黄色的，正在开放；有几朵则是白色的，像棉絮一样毛茸茸的——当蒲公英的花从黄色变成白色的时候，它们就要独自去远行了，就像梅朵老师的孩子们。

梅朵老师的眼眶湿润了，她轻轻地问了一声："邦金呢？"

卓玛没有直接回答，她从病床边的柜子上拿起梅朵老师的手机，点亮屏幕，打开一张照片，递到梅朵老师面前，语气里跳跃着小小的喜悦："老师，您看吧，这是伽伽村主任今天发到您手机上的。邦金阿姐昨天就已经顺利到达桑伽草原了，是独自去的。桑伽草原上，我们阿古顿巴小课堂的帐篷，已经搭起来啦！"

尾声

58
月光下的少年

“搭起来啦！”旺堆忽而发出一声感叹，声音就像是：原本宁静的湖水看起来像一面镜子，但突然间有块石头掉进水里，荡起了道道涟漪。他从故事中慢慢回过神来，他那湿润的双眼，仿佛是被夜间小河里的潺潺流水给洗涤了一遍。大吉的酥油茶已经被他喝了个底朝天，列玛的人参果也被他吃得一颗不剩，洛桑敬的哈达则又送回了洛桑手中。但听他在招呼洛桑：“去吧，这洁白的哈达应该献给今晚的主角，你们的邦金老师！”

就像一只蜜蜂醉在了花蕊里，洛桑早已沉浸在旺堆这令人如醉如痴的叙述中，尤其是沉迷在阿古顿巴小课堂的故事中，回不过神来。被一旁的大吉推了一下，洛桑才反应过来，恭敬地接下哈达，应一声“哦呀”，便朝着邦金老师的宿舍走去。

夜已经深了，草原要睡觉了，牛羊们静谧地卧在月光下的帐篷边。夜空是湛蓝色的，就像无边无际的大海，悬挂在草原上方。远方高耸的雪山在清冷的月光的辉映下，犹如一位陷入沉思的少女，峭拔、端庄，散发着冰清玉洁的气息。几缕淡蓝色的云彩萦绕在雪山的顶端，一动不动——雪山、云彩、月亮、星空，也都要睡觉了。洛桑的脚步就变得轻悄悄的，他在想：邦金老师忙了一天，是不是累了，也要睡了？

此时的邦金老师呢，看完《会唱歌的帐篷》，回宿舍后，她就想给梅朵妈妈写信。但是，她提起了笔，又不知从何处落笔了——想写的真是太多啦，就像解答一道道难解的数学题，不用管题目中的数字是大是小，做出正确的答案才最重要。这一道道难解之题便是——

她已经工作了，从小小放牛娃变成了小小放牛娃的老师，这前后过程是十五年。但梅朵妈妈对她倾注的关爱呢，是多少年？

她和梅朵妈妈，还有她培养的小老师们，大家共同开办的阿古顿巴小课堂一直延续至今，算起来也有十年了。但小课堂给草原孩子带来的快乐呢，是多少年？

巴姆阿姐的身体终于康复了，还有了工作，这前后的时间仅有八年。但从阿姐心间荡到脸上的笑容呢，是多少次、多少年？

还有站起来的阿弟次旦、小对头次多吉、聪明的青措、小老师德西朗玛，他们的成长也是一道道算不完的题，就像天上亮晶晶的星星，你虽看得见，却又数不清。

又比如接下来，她看到小小的洛桑站在门外的月光里，手托哈达，那么真诚——那天上皎洁的月光，这孩子手里洁白的哈达，月光和哈达是多么美好的组合呀！而这月光下的少年，他在给敬爱的老师献上哈达的时候，又认真地问出了一道题：“邦金老师，还要过几年，我就能成为阿古顿巴小课堂的小老师呢？”

后　记

一朵献给草原的花

（一）

要是有人问我：“二十年往返于草原，有多少事是你终生难忘的？”我会告诉他：“只有一件事让我终生难忘，那就是思念，对孩子们的思念。”这样的思念就像夜晚的星星，有时会变成浩瀚的银河，铺天盖地地淹没我的睡眠；有时又如点点星辰，会在我的睡梦中不经意地眨一下眼睛；有些时候，思念又会把梦境装扮成星光下的一片花海，让那些花变得既惊艳又深沉，既让人感动又带着些微的愁绪。

雨季的草原，在向阳的草坝子上，你会看到壮阔的花海——紫红色的波罗花、钴蓝色的紫堇、宝塔一样的大塔黄、星星一样的点地梅、丝绸一样的绿绒蒿、云朵一样的蒲公英，还有和小老师邦金共着一个名字的邦金花……每年一到夏季，这些花就像是赶赴一场盛大的锅庄舞会一样，在同一片草原上绣出一片花的舞场。在这花的舞场上，每一种花都具有独特的个性和气质。

而最令我难忘的莫过于蒲公英和邦金花了。

蒲公英的花太特别了。别的花凋谢的时候，总是以枯萎的姿态谢幕；蒲公英的花凋谢，则是以飞翔的姿态重生——蒲公英的花朵是黄色的时候，那是它们正在开放；当花朵由黄色变成白色、像棉絮一样毛茸茸的时候，它们就要独自去远行了——它们会借助一场风，各自飞到不同的地方，生根发芽，开花结籽，随遇而安。

邦金花则是草原上最常见却又最独特的花。它们在高海拔的地方，贴着地面默默地开放，既不惧风，也不畏雨，充满野性，就像草一样生命力旺盛。你看那雪莲花有多圣洁，邦金花就有多亲切！草原人都说，它们是送给阿妈的花、送给牛羊的花。你想，它们该是多么务实呀！

这两种花，特别能代表我们可爱的草原小老师们。蒲公英独特的繁衍方式如同小老师们顽强的生存能力，邦金花的坚韧和亲切则像是他们在生活中强大的实践能力。他们真是太棒了！

我还记得，第一次遇到本书的小主人公邦金，是在远牧点的一个草场上。她见我时有点拘谨，低着头，双手拨弄着身上宽大的衣袍，显得有点不知所措；但一转身面对她的牛，她又立马变得干脆利落，高高地挥舞皮鞭，响亮地打起口令。我从她的举止间看出她身上潜在的气质，那是一种会让人心胸舒畅的、充满希望的气质。当下我就在心里想：真希望她能融入我的孩子们当中。

后来果然有缘——邦金进了我的碉房学校，并且通过刻苦学习，考入了州府的高校。她是一位非常用心也很有思想的小老师，我们的草原小课堂后来增设了动物课堂和植物课堂，都是源于她平时授课时积累的经验。

她当小老师的时间最长，从初中到大学，每年放假都会回到草原，坚持开办草原流动小课堂。在大学里，她生活上勤俭独立，一直参与学校的勤工俭学；学习上也非常勤奋，务实又有骨气。她把这种品质也带回了草原，带给了她授课的孩子们。这就是一种传递，爱与力量的传递。

在她读初中的时候，有一年暑假，我们共同去一个远牧点开办草原流动小课堂，途中我因体力不支而面临危险，当时她和另一个孩子为安抚我想尽了办法，包括为唤醒近乎昏迷的我而不停歇地唱歌，直至把嗓子唱得嘶哑——本书第 56 小节中描述的，便是我们三个人那夜的惊魂经历，至今想起来还心有余悸！

于是，我决定把那段经历写下来。动笔的那天晚上，我竟是一夜未眠。因为到真正抒写时，我才发现它在我的生活中并不是孤立的——除了那一夜惊心动魄的经历，还有我和孩子们相依相伴的二十年草原时光……

（二）

二十年前，因为一次机缘，我留在了那片草原，主要工作就是寻找那些散落在草原上的贫困失学儿童以及没有父母的孩子，把他们带进我自己创办的草原慈善学校，就是本书中的碉房学校。刚开始，我对这份工作信心满满。但真正深入草原生活后，我才发现，那并不是有信心就能够坚持下来的。饮食上的困难首先击中了我——餐餐吃糌粑的日子非常难熬，意志再坚强也敌不过身体上的不适应。由于糌粑干燥缺油，不久我的身体就出现问题——便秘，造成肛门出血。当时草原上没有药，我只好从风干的牛排上寻找牛油，一撮一撮地抠下来，熬成油液，捏着鼻孔一口气灌下，便秘才稍缓了一些！

睡觉更是件让人头痛的事。因为住的是帐篷，夜里要睡在地上。地面潮湿倒可以将就，最怕的是下雨。那时牧民的帐篷多为牛毛织物，编织稀疏，外面一下大雨，帐篷内必会细雨蒙蒙。我只能干瞪着一双眼，想睡，不入梦；想醒，双目乏力。雨水则乘虚扎进眼睑，让我感到呛水一样的疼痛。我只好取过雨伞，钻进毯子里，脸露在外面，双手撑开伞，紧紧抓住伞柄，打着雨伞睡觉。睡一会儿，雨伞倒下去；再扶起，再睡一会儿，就这样周而复始，直到天亮。

再说卫生，最折腾人的就是洗澡。初上草原那会，我借住在一个牧民家的集体大帐篷里。里面住着这一家的妻子、丈夫，还有老人和孩子。水是从很远的河里用人力背过来的，基本只用于烧茶、做饭，所以除了洗脸，其他洗漱我不敢奢想。就这样一天天挨着，我感觉身体开始有异味。有天我忍不住，狠狠心跑到远方的河里用雪化水洗身子，后来一回帐篷就开始发烧，差点患上肺水肿。之后我再也不敢随便洗澡了。

从饮食到睡眠到卫生，实在支撑不住时，我有点动摇了，想回家。我打电话给父亲，却听他在电话里质问："你当初是怎么跟我承诺的？"问得我哑口无言。

是的，当初我提出上草原办学校时，父亲面色沉重，一夜不说话。第二天，他慎重地对我说："我支持你。不过我们这个家族，是以诚信传家的——你的祖母当初做出'裁襟励子'的义举，为的就是诚信。你作为她的孙女，一定要坚守承诺，要么不去做；要做，再困难也不能放弃，要好好做下去。”当时，我朝父亲坚定地点头承诺：“您放心，我一定会坚持到底！”

是这段对话，终究让我留了下来。

而到了后来，走着走着，除了诚信和责任，还多了我和孩子们之间的种种温情——我们一直温暖着彼此，不离不弃。

就像十年前，那时我贫血非常严重。有天，我在上课，发现有三个孩子不见了，到处寻找，却找不到。后来到很晚的时候，三个孩子才灰头土脸地赶回来。身体虚弱外加过度担心，叫我没有气力责备他们，只能自顾自地坐在教室的门槛上。孩子们站在门槛外，每人手里拎一包东西。我问他们：“你们跑到哪里去了，这拎回的是什么？”语气非常不好。三个孩子一个在微微笑着，另两个则显得有些委屈。过了一会儿，我感到特别难过，伏在门框上泪流不止。不记得用了怎样的语气，我责备他们：“你们跑那么远进山，要是遇上狼群怎么办？要是迷路了怎么办？就算这些东西能把老师的病治好，那要是你们都没了，老师好了还能做什么？”原来，孩子们是听大人说，有一种藤条的根茎可以治好我的贫血，他们便进山寻找。其实他们并不认识这种根茎，最终还是挖错了……

这样的回忆总是让人惆怅又无限温暖。我得感谢我的祖母，是她“裁襟励子”的诚信精神一直在激励着我，让当初险些放弃的我，最终收获了如此丰盈的人生。

（三）

我也把祖母的事迹和诚信精神带上了草原。近几年，我那些渐渐长大的孩子，相继在草原上开办流动小课堂，辅导那些放假后回到草原上放牛的孩子学习，课余时间会给孩子们讲述草原和内地的故事，传播汉藏文化，就像本书中的邦金那样。

近些年来，随着政府的精准扶贫措施在草原上落实，牧民的生活发生了翻天覆地的变化。过去草原上那些崎岖曲折的沙石小道，已经变成平坦通畅的水泥公路。国家电网也架上了草原，网络覆盖到草原的条条山沟。行走顺畅，网络通达，小老师们的草原小课堂借着精准扶贫的春风，越办越有劲头。小时候，邦金的理想是家里拥有多多的牦牛；现在，她已经实现了自己最大的心愿：学业完成后回到草原，成为一名真正的人民教师！

还记得，完成这部小说后，我给编辑老师翻看过去我和小老师们的合影。编辑老师问："这里面哪个是邦金？"我笑着回答："他们都是邦金。"

是的，草原上处处都有花海，花海里百花齐放；草原上处处有孩子，孩子又何止邦金一个呢！那爱笑的洛桑、机灵的达杰、勤快的曲珍、爱唱歌的德西朗玛、爱跳舞的卓玛拉姆……其实，每个孩子都是一朵明亮的花——一朵送给阿妈的花，一朵送给草原的花。

江觉迟

在祖国美丽的大草原上，

在渴求知识的孩子们的眼睛里，

邦金和梅朵的故事仍在继续……

邦金家的夏季草场，一条条山沟错综复杂，
牦牛一不小心就会迷失在其中。

拥有多多的牦牛，
是邦金小时候的理想。

深秋，昔日彩嘎娘娘的黑帐篷外，牦牛正在啃食枯草。

邦金的阿哥牛陪她度过了最艰难的岁月。

在热闹的斗牛大会上，邦金遇见梅朵老师，从此改变命运。

梅朵老师的碉房学校位于雪山下的山寨中。

在碉房学校里，邦金收获了满满的知识和妈妈一样的爱。

碉房学校那简陋的教室里，坐满了渴求知识的孩子。

邦金爱跳的锅庄，
欢乐的气氛感染着在场的每个人。

书中所写的“阿古顿巴小课堂”，在现实中为“《裁襟励子》流动小课堂”，
天晴时孩子们露天学习，下雨时则搬进帐篷里。
随着时间的推移，小课堂开到了越来越多的地方，越来越多的草原孩子从中受益。

草原上处处有花海，
花海里百花齐放；
草原上处处有孩子，
每个孩子都是一朵明亮的花！